四怪馆的悲歌

轩弦 著

作家出版社

目 录

主要人物一览

季尊天（65岁）　国内著名油画家，春泪岛的主人

曹　武（72岁）　季尊天的管家，遗产的继承者之一

段乐彤（24岁）　季尊天的助手，遗产的继承者之一

诸葛千诺（25岁）　律师，遗产的继承者之一

程东昊（27岁）　某私家诊所的所长，遗产的继承者之一

朱心荷（22岁）　L市中文大学的学生，遗产的继承者之一

阮文博（33岁）　负责处理季尊天遗产分配的律师

？？？（？）　潜伏在春泪岛的神秘人

注：括号内数字为以上人物2011年的年龄

序章

1

“终于搞定了。”

诸葛千诺微微伸了个懒腰，轻轻地扭动了一下脖子，结束了今天的工作。

她拿起办公桌上那杯早已变凉的咖啡，喝了一小口，接着看了看手表，已经是晚上十点二十七分了。

“今晚要好好睡一觉了。”

走出律师事务所，来到街上，眼前灯红酒绿，车水马龙，精彩的都市夜生活才刚拉开序幕。

但这些纸醉金迷的生活，却跟诸葛千诺扯不上任何关系。

她今年二十五岁。不少在她这个年龄段的男女，浑浑噩噩，夜夜笙歌，生活在糜烂之中。而她，却已取得了同龄人所遥不可及的非凡成就。

她是一名律师，二十二岁就出道了。刚出道时，虽然经验欠缺，但她凭借自身那聪明的头脑、惊人的口才和冷静的态度，连续数次为委托人洗脱嫌疑。

正因为她以近乎完美的姿态出道，因此不久后就在同行中赢得“神话律师”的称号，成为律师界甚至是普通百姓茶余饭后的热门话题。有好事者还查到她是三国时代诸葛亮的后人。

在众多的赞美声之中，当然也有质疑的声音：“她只是一个运气好碰巧赢了几宗官司的丫头，有什么好吹捧的？”

三年后的现在，诸葛千诺已经成为一名经验丰富的老手律师了。这几年间，虽然她所受理的官司加起来只有十多宗，但到目前为止，辩护的胜诉率仍然为百分之百。这让当初质疑她能力的那些人哑口无言。

2

为了方便上班，从半年前开始，诸葛千诺在她所工作的律师事务所附近租了一间单身公寓，从公寓到事务所，只需要步行五分钟。

这时候她已回到公寓。上楼之前，她先打开了信箱。

作为一名律师，她必须与时俱进，每天都要获取本市、国内乃至全球的最新资讯。相比网络，她更喜欢通过阅读报纸得知天下大事。所以她订阅了一份《南方都市报》，每天睡前会用半个小时浏览当天的重要报道。

今天，当她打开信箱的时候，发现里面除了《南方都市报》以外，竟然还有一封信。

诸葛千诺开始还以为那是什么宣传资料。可是当她把那封信取出来后，却看到信封的中央郑重其事地写着“诸葛千诺小姐亲启”八个大字。

“咦，写给我的？”

她接下来看了看信封的右下角，只见在寄信人一栏写着“春泪岛季氏缄”几个字。

“春泪岛？季氏？”

诸葛千诺微微皱了皱眉，一边思索，一边有意无意地摸索着那封信，竟然发现信封里好像放着一件小硬物，摸上去像是胸章之类的东西。

“啊？”她突然想起来了，“姓季的……难道是那位隐居在岛上的知名油画家季尊天？”

她吸了口气，接着又想：“可是我跟他已经好久没联系了呀，他为什么突然会给我寄信？”

现在这个时代，大家通信一般都是发电子邮件，很少有人寄信了。所以，这封来自故人的纸质信件，可真让诸葛千诺对信中的内容大感兴趣。

虽然好奇，但她并不急躁，直到走进家门换上拖鞋后，她才坐到沙发上，不慌不忙地把信封的边儿撕开，并从里面抽出一张信纸。

那是一张米黄色的信纸，信纸上散发着浓烈的书卷香味，这种味儿，在诸葛千诺所生活的这座日趋机械化的现代都市中，已几乎绝迹了。

诸葛千诺吸了口气，小心翼翼地把信纸打开，霎时间一篇铁画银钩般的文字映入眼帘：

诸葛律师：

久未见面，别来无恙？

三年前，鄙人买下了L市以南的飞琴海中央的一座无名岛屿，为其命名为“春泪岛”，并于岛中定居，专心绘画。与鄙人同住于春泪岛的，只有管家和助手二人。此外，一些画廊代理的职员、拍卖公司的工作人员、画展的负责人及报刊的采访记者等，偶尔也会到春泪岛来，或找鄙人闲聊叙旧，或与鄙人的助手联系业务。岛上虽然人烟稀少，但山清水秀，鸟语花香，便如世外桃源，鄙人的日子倒过得逍遥清静。

然而近来鄙人身体欠佳，暂无法作画，静心休养之际，回想起诸多昔日往事，同时也对诸位好友甚是挂念。因此，冒昧邀请诸葛律师于百忙之中，到岛上盘桓数日，彼此稍叙旧情，同时也让鄙人略尽地主之谊。

遥想当年，如非得到诸葛律师的竭力相助，鄙人早已声名狼藉，而且至今仍在受牢狱之苦。鄙人对于诸葛律师的这份恩情，一直铭记于心。

话说回来，聚会的时间初定为七月初七的七夕节（8月6日）。当天下午两点，请诸葛律师到L市码头的售票处前方，鄙人将派人接您到岛上。此外，在信封中有一枚胸章，届时请诸葛律师佩戴，便于接待者辨认。

如能大驾光临，鄙人不胜荣幸。

祝　诸事顺遂

季尊天

辛卯年七月初一

诸葛千诺读罢全信，深深地吸了口气，与此同时，关于对来信者季尊天的所有记忆，如脱缰之马一般打开了。

3

季尊天是国内著名的油画大师，自小爱好绘画，初学传统的工笔人物画，后来转学油画，沉醉于油画的世界中，乐此不疲。

1977年他参加全国美展，因油画《稻草人的祈祷》一举成名，其后佳作不断，以他那灵活多变的笔触和细腻沉稳的画风，快速征服画坛，成为对八十年代的画坛影响最大的青年油画家之一。

少年得志，这跟诸葛千诺的人生十分相似。

此外，不自满于自己所取得的成绩，也是他俩的共同点。

季尊天少年成名以后，并没有骄傲自满，仍然不断探索学习，短短十年间，已对中国画、书法、诗词及艺术理论等领域的知识，均有精深造诣。他把这些理念融入油画的创作之中，这使他的作品自成一家，举世无双。

而且，他绘画的功力也越来越深，近几年的作品，更加到了登峰造极、出神入化的境界，令世人骇然，乃至同行赠予他“天外神笔”的雅称。

“神话律师”，“天外神笔”，两者异曲同工，均是业内佼佼者中的佼佼者。

目前，季尊天所绘的油画，每幅的起拍价是五百万人民币，有的作品更被炒到过亿的天价。虽然价格昂贵，但许多美术馆、博物馆、高官、企业家及富豪，仍然争先恐后地购买他的作品收藏，可谓一画难求。

而季尊天也因此成为富甲一方的超级富翁，据业内人士保守估计，他的个人财产至少有三十亿人民币。这也是他举手投足便能买下一整座岛屿的原因。

那么诸葛千诺又是怎样跟这位传奇人物结缘的呢？

刚才已经说过，诸葛千诺出道至今，所受理的官司全部胜诉。

万事起头难。正因为诸葛千诺出道后赢得了第一场官司，信心大增，所以后面的律师之路才会越走越顺。

而她所受理的第一宗官司，委托人就是季尊天。

当时季尊天在油画界已大红大紫，因此遭受一些同行所嫉妒。有几个卑鄙的同行竟联合起来，设局害他。他们先派人假冒画廊的工作人员，以合作为名，把季尊天约到酒店，双方洽谈之中，暗自在季尊天所喝的茶水中投入安眠药的粉末，使他昏睡。其后，他们把昏迷不醒的季尊天带到酒店里的一个房间，让一个未满十四岁的少女跟她共处一室，两人赤身裸体。最后他们通知警方到场，季尊天被“人赃俱获”，检察院起诉他企图侵犯未成年少女。

此事一经传出，被媒体大肆报道，季尊天陷入桃色风波。案件开审前，已被炒得沸沸扬扬，成为城中最火热的话题。

由于所有证人及证据都对季尊天极为不利，而且那几个陷害他的幕后黑手势力庞大，因此很多律师都不敢帮季尊天辩护。最后，是初生牛犊不怕虎的诸葛千诺受理了这宗官司。

诸葛千诺经过深入的分析和推理，识破了那几个幕后黑手的诡计，深信季尊天是无辜的，并且在开审前东奔西跑，踏破铁鞋，千方百计地搜集对季尊天有利的证据。而在庭审中，她通过列举这些有力的证据，加上自己那过人的口才，力压检察官，为自己的律师生涯拉开了完美的序章。

最后季尊天胜诉，诸葛千诺不仅为他洗刷了嫌疑，让他免受牢狱之灾，还向公众媒体还了他一个清白。季尊天对诸葛千诺感激不尽，赠予她巨额报酬，但诸葛千诺却只收取自己应得的律师费，这让季尊天对她更加尊敬。

另一方面，此事之后，季尊天对这个尔虞我诈、人心险恶的社会大失所望，开始计划寻找一个世外桃源，与世人隔绝，后来，便买下了春泪岛。

4

诸葛千诺从记忆中回过神来，微微吸了口气，把信封中的胸章倒了出来。

那是一枚黑色的长方形胸章，只有尾指般大小，上面刻着“春泪岛贵宾”五字，看样子像是季尊天的笔迹。

诸葛千诺一边摆弄着这枚造工精美的胸章，一边想道：“真的是季先生呀。说起来，六年前那宗官司结束后，我们就一直没有联系了，他怎么突然会请我到他的小岛做客呢？”

她舔了舔嘴唇，喃喃自语：“还真耐人寻味呀。”

洗澡以后，诸葛千诺到厨房下了碗面条，又冲了一杯咖啡，接着回到房间，一边吃着面条喝着咖啡，一边打开电脑，登录QQ。

她本来是想要跟律师事务所里的一位同事聊些工作的事儿，然而登上了QQ后，却无意中看到段乐彤在线。

段乐彤就是季尊天在信里所提到的那位“跟他同住在春泪岛的助手”。

她比诸葛千诺小一岁。她俩之所以认识，也是始于六年前季尊天的那宗官司。

当年季尊天的那宗官司开审前，诸葛千诺需要一些跟季尊天有关的资料，其时季尊天已被警方拘留，所以他让诸葛千诺去联系自己的助手段乐彤索取资料。

季尊天只告诉了诸葛千诺段乐彤的手机号和QQ号码。诸葛千诺告别季尊天离开拘留所后，立即拨打段乐彤的手机，但却没人接听，只好加她的QQ碰碰运气，没想到段乐彤刚好在线。此后，诸葛千诺和段乐彤便都是在QQ上联系的。

当时诸葛千诺在QQ上联系到段乐彤后，跟她说明情况，请求协助。

说起来也巧，季尊天出事前不久，她的前任助手因为要回老家结婚而辞职，当时只有十九岁的段乐彤是季尊天刚请回来的新助手。因为刚接任，一来经验尚浅，二来对自己的工作范畴还不熟悉，加上其时季尊天遭遇横祸，突然被捕，各种杂事纷至沓来，需要她来处理，这更让她忙得焦头烂额。

正因为如此，在开审之前，她好几次给诸葛千诺发送了错误的资料，大大增加了诸葛千诺的工作量，阻碍了诸葛千诺的工作进度。但诸葛千诺很有耐心，不仅没有责怪她，还帮她分担了一些工作，两人齐心协力地为季尊天寻找有利于他的证据。段乐彤因此对诸葛千诺大有好感。

官司结束后，诸葛千诺和段乐彤在网上保持联系，两人经常网聊，聊工作，聊生活，聊美容，聊服饰，后来成了无所不谈的好朋友。虽然两人一直没有见过面，甚至没有通过电话，但感情却日趋深厚。

5

“乐彤，在吗？”诸葛千诺在QQ上发过去一句。

数秒后段乐彤回复道：“在的哟。”看来此刻她就在电脑前。

“我想问你一些事儿。”

“啥事儿？”

诸葛千诺开门见山：“我刚才收到你的老板季先生寄来的邀请信，请我在七夕那天到你们那儿做客。信真的季先生发的？”

“嗯，是呀！除了你，季先生还邀请了两个人，那三封信是我前天乘船到城区，在码头附近的邮筒寄出的。”

诸葛千诺喝了一口咖啡，微微地吸了口气，继续敲打键盘：“季先生忽然邀请我到你们所居住的小岛做客，是不是因为他发生了一些什么事？”

段乐彤先发过来一个竖起大拇指的图标，紧接着又回复了一句话：“不愧是神话律师呀，果然料事如神。”

诸葛千诺却有些不祥的预感。

“到底发生了什么事？”

段乐彤大概要敲打蛮长的一段话，对话框一直显示着“正在输入”，但过了一分钟还没有出现内容。这让诸葛千诺对季尊天所发生的事大感好奇。

“季先生又需要我帮他打官司？可是季先生是个爽朗的人，如果需要我帮忙，会直接提出，不会如此婉转。再说，乐彤说除了我以外，季先生还邀请了两个人。那两个又是谁呢？季先生也需要他们帮忙吗？”

诸葛千诺还在思索之中，段乐彤终于发送过来挺长的一段话。

“其实是这样的：季先生近来由于烟酒过度，不幸患上了肝癌，上个月发现的时候，已经到晚期了，医生说他最多还能活三个月左右。于是，季先生想在自己离开前，把巨额遗产赠予一些在他有生之年帮助过他的人，你就是其中一个。”

这可真是出乎诸葛千诺的意料之外。

“季先生几个月后就要跟这个世界告别了？”

虽然她跟季尊天只是平昔之交，而且良久没有见面，感情并不深厚，但乍闻如此噩耗，心里还是有些难过。

她叹了口气，心中思忖：“季先生家财万贯，富甲一方，但却无法摆脱生老病死的自然规律。哪怕是叱咤风云的传奇人物，但在自然界中，那也是十分渺小的。”

接下来，她又想道：“季先生要赠予遗产？他的资产可是天文数字呀。而我竟是遗产的继承者之一？”

虽然诸葛千诺淡泊名利，不怎么看重钱财，但巨额遗产突然从天而降，也不禁让她在刹那间冒出一阵怦然心动的感觉。

“怎么样？吓坏了吧？”

段乐彤见诸葛千诺久久没有回复，于是又打过来一句。

她以为诸葛千诺因即将继承巨额遗产而感到兴奋。其实在诸葛千诺心里，更希望季尊天不曾患病。跟遗产相比，她认为一个鲜活的生命更加重要。

“这个消息很让人惊讶，也很让人感慨难过。”诸葛千诺回复道。

“的确是呀。”段乐彤被诸葛千诺所感染，也真情流露了，“虽然我跟季先生只是雇佣关系，但毕竟同住五年多，彼此间早已建立起深厚的感情。知道他即将要离开我们，我真的好难过。”

“跟你们一起住的还有一位管家吧？”

诸葛千诺想起季尊天在信中提过的事。

“是的，是曹管家。曹管家跟着季先生许多年了，他俩的感情就像亲兄弟一般，所以知道季先生患上肝癌后，曹管家要比我难过多了。”

“嗯。”

面对这些生离死别的话题，诸葛千诺想不到合适的安慰话语。

她想了想，又打过去一句，试图转移话题，减弱这种悲伤的氛围：“你和曹管家以后还会住在岛上吗？”

“应该不会了。我们之所以一直与世隔绝，住在春泪岛，很大程度就是因为季先生。季先生离开后，我和曹管家大概都会回到城里去吧。唉，天下无不散之筵席呀。”

诸葛千诺没想到自己提出的这个试图改变气氛的问题反而让段乐彤更加感伤。

她只好回复道：“好了，别多想了，人生充满无奈，很多事情我们强求不了。我们来聊些轻松的话题吧。”

“好的哟。对啦，你交男朋友了吗？嘿嘿！”

虽然没有看到段乐彤的表情，也没能听到她的语气，但诸葛千诺能想象出她打下这句话时那稍微带点儿坏笑的神情。

而一看到“男朋友”三字，不知怎的，诸葛千诺的脑海里竟然浮现出慕容思炫的面容。

那慕容思炫是一个性情孤僻、行为古怪，但却智商超高的男青年，曾经协助L市警方侦破过许多奇案。

大概在一年多前，在一宗谋杀案件的庭审中，诸葛千诺担任辩护律师。当时她找到了碰巧目睹了案件中某些关键人物于案发时进出凶案现场的慕容思炫出庭作证。那宗谋杀案错综复杂、峰回路转，连诸葛千诺也险些误入歧途，远离真相，幸好最后在慕容思炫的帮助下，诸葛千诺就在庭审现场揪出真正的凶手，为委托人洗脱了嫌疑（参看《逆转法庭》）。

后来，慕容思炫又跟诸葛千诺结伴远赴H市，解开了诸葛千诺的姐姐十年前被杀之谜（参看《挖心奇谈》）；其后，两人又跟其他伙伴一起来到残月岛，经历了一连串匪夷所思的消失事件（参看《魔法奇迹之消失》）；此外，他们还曾到过位于荒原中的旅馆，共同破解了发生在旅馆中的离奇命案（参看《复仇终点站》）。

经过多次接触，诸葛千诺心深处对慕容思炫有些说不清的感觉。似爱非爱，连她自己也捉摸不透。

“没有啦。”诸葛千诺如是回答段乐彤。

“不会吧？像你这样的大美女，怎可能没男朋友？”段乐彤调侃。

“你怎么知道我是美女？你又没有见过我。”

“千诺千诺，一千个承诺，你的名字这么特别这么好听，所以你也一定非常漂亮。”

女生都不会拒绝赞美之词，特别是称赞自己美貌的语句。诸葛千诺微微一笑，敲打键盘：“乐彤呀乐彤，如果你是男生，就凭这张甜嘴，一定有不少女孩死在你手上，哈哈。”

“呵呵，说不准我还真的是男生哟，反正你又没有见过我。”

“那我可以考虑让你当我男朋友。”诸葛千诺开玩笑地回复道。

经过数十秒的“正在输入”后，只见段乐彤回复道：“不过话说回来呀，我们虽然认识好几年了，都成老朋友了，但却从来没有见过面，这种感觉还真奇妙呀。不知道见到你的感觉是怎样的呢？明明是一张陌生的脸孔，但却又是十分熟识的老友。”

诸葛千诺也颇为期待跟段乐彤见面：“下周我们就能见个面啦。我想你一定也是一个大美女。”

“嘻嘻！不是啦！对了，千诺，上周我不是叫你帮我到Swatch专卖店买那块白雪公主手表吗？”段乐彤突然转移话题。

“是的呀。我已经买了，不过还没快递出去。”

“要快递到春泪岛的话，快递费实在太贵啦。反正你周六就要到岛上来，到时顺便把手表带给我吧。”

“行。先说好，这是我送给你的见面礼物，不能给我付钱哟。”

“谢谢啦。到时我也会给你送一份见面礼物哦。”

“好期待哦。”

两人就这样兴高采烈地聊着，均对即将见面之事感到兴奋。其时她俩都没能想到，她们见面之时，正是春泪岛上那一连串杀人事件拉开序幕之际。

6

接下来的几天，诸葛千诺如常地工作和生活。随着离出发的日子越来越近，她就越来越感到期待。与其说是期待季尊天那巨额遗产，不如说是期待久违的休闲旅游，期待跟久未谋面的季尊天叙旧，期待跟老网友段乐彤见面。

然而在出发前一天，不知怎的，诸葛千诺的右眼皮一整个上午都在强烈跳动。

“眼皮老在跳，怎么回事呀？”她不禁暗道，“难道预示我明天的春泪岛之旅，会有不好的事情发生？”

俗话说：“左眼跳财，右眼跳灾。”本来继承巨额遗产，应该是跳左眼才对，何以现在跳动的竟是右眼皮？继承一事，是灾非财？

本来作为唯物主义者的诸葛千诺深知这种说法没有任何科学依据，但与此同时，她一想到继承遗产这件事，心里的确有些隐隐不安。

正所谓人为财死，人是世界上最贪婪的动物，利益当前之际，人性中的丑恶将展露无遗。每天世界上有多少人为了区区数千元，甚至是几百元、几十元而争个你死我活？更何况季尊天有几十亿资产，这让诸葛千诺不得不怀疑，季尊天的遗产分配之事，是否能顺利进行。

正因为担心明天的春泪岛之旅会遇到出乎意料的危险，所以吃过午饭后，诸葛千诺也不回律师事务所了，直接来到慕容思炫所住的出租屋。

她想邀请慕容思炫陪她共赴春泪岛。她知道，慕容思炫是一个非常值得信赖的伙伴，以他的头脑及身手，只要有他同往，旅途中的任何危险，都将被他轻而易举地化解，不足为惧。

然而这是真正的理由吗？或许，诸葛千诺只是单纯地想和慕容思炫一起旅游？

她自己也不知道。

可是诸葛千诺未能如愿，因为慕容思炫竟不在家。后来她才知道，那几天慕容思炫接受了一宗委托，远赴K市的绝尘村跟踪目标人物，却被卷入恐怖的连续杀人事件之中（参看《树之悲》）。

诸葛千诺轻轻叹了口气，有些无奈地离开了出租屋，回到自己所住的公寓。

来到家门前，她掏出钥匙，正准备开门进去，忽然背脊一凉，似乎觉得背后有人在监视着自己。诸葛千诺咽了口唾沫，猛然回头一看，身后却什么也没有。

“或许是我这几天想得太多了吧？”

她深深地吸了口气，打开大门，走进家中。

第一章　初见

1

纤云弄巧，
飞星传恨，
银汉迢迢暗度。
金风玉露一相逢，
便胜却人间无数。
柔情似水，
佳期如梦，
忍顾鹊桥归路。
两情若是久长时，
又岂在朝朝暮暮。

这天正是七夕。2011年的七夕。

同时也是周末。

阮文博开车来到L市码头的时候，是下午一点五十分，离约定的时间还有十分钟。他把车停在码头附近的地下停车场，随后朝码头的售票处步行而去。

阮文博是一名律师，虽然他今年已经三十三岁了，但作为律师的执业时间不长，平时主要代理一些民事诉讼和行政诉讼。

大概在半个月前，著名油画大师季尊天亲自打电话给阮文博，委托阮文博帮他全程跟进及处理遗产分配的事宜。当对方在电话里自称油画家季尊天的时候，阮文博还以为他是骗子，毕竟自己只是一个微不足道的小律师，叱咤风云的传奇人物季尊天，怎么可能委托自己帮他处理遗产分配事宜？当他证实了对方的确是季尊天本人后，受宠若惊，同时满心疑惑。

“他为什么会找我？”

后来阮文博才知道，原来季尊天的得力助手——一个名叫段乐彤的女生，是他女朋友的大学同学兼闺蜜。阮文博跟着女朋友参加聚餐及KTV活动时，跟段乐彤见过几次，给她派过名片，彼此算是点头之交。季尊天之所以委托阮文博处理自己的遗产分配事宜，正是段乐彤介绍的。

今天，阮文博根据季尊天的指示，来到L市码头的售票处前方等候。他要把季尊天所指定的三位遗产继承者带到春泪岛，跟季尊天本人及其他遗产继承者会合，随后见证并宣读季尊天的遗产分配方案。

当阮文博来到售票处前方的时候，看到有一个二十七八岁的男子已在等候，那男子身材不高，面容清癯，但双目炯炯有神，看样子十分精明。他的衬衣上佩戴着一枚刻着“春泪岛贵宾”的胸章，这让阮文博肯定了他是遗产的继承者之一。

阮文博从公文包里掏出一个文件夹，打开一份文件，稍微确认了一下继承者的名单。今天要接到岛上的三位继承者中，只有一位是男性，名叫程东昊，年龄是二十七岁，性别和年龄这两个特征，都跟眼前这位男子吻合。

于是阮文博走到那男子身前，问道：“你好，请问你是程东昊先生吗？”

男子向阮文博看了一眼：“我是呀。你是？”

阮文博笑了笑，伸出右手：“我叫阮文博，是季尊天先生的代理律师，今天是季先生委托我带你到春泪岛的。”

“原来是这样呀。”名叫程东昊的男子也微微一笑，跟阮文博握了握手，“幸会幸会。”

“不好意思，我们还要等等其他人。”阮文博说。

“没事儿，反正咱们不赶时间。”

程东昊颇为爽朗。

他紧接着又问：“说起来，季先生居然会让他的律师带我们上岛，唔，不会是有什么事吧？”

“咦？”阮文博皱了皱眉，“季先生没跟你说邀请你们到岛上的目的？”

“他在信里说这段时间身体不好，想要跟朋友们叙叙旧。”程东昊说到这里顿了顿，脸上浮现出一丝怀疑之色，“难道他把我叫到岛上，有什么重要的事儿？”

阮文博还没回答，程东昊紧接着又喃喃自语：“其实我也觉得奇怪，我和季先生也算不上什么老朋友吧，这些年来，也只是见过几次。”

“待会上船以后，我会把事情的始末告诉大家。”

阮文博的话稍微打断了程东昊的思索。

“还有多少人要来？”程东昊又问。

“两个。”阮文博吸了口气，嘴角一扬，笑着补充道，“两个都是女生哟。”

“哦？”程东昊两眼一亮，开玩笑说，“刚好你一个，我一个，可真让人期待呀。”

阮文博却一脸认真地摇了摇头：“我是有女朋友的人了。”

程东昊微微一怔，随即哑然失笑：“那我可就不客气了呀，哈哈。”

他话音刚落，一个女子向他和阮文博走过来，彬彬有礼地问道：“你们好，请问你们也是要到春泪岛去的吗？”

2

阮文博回头一看，这女子二十四五岁，眉目清秀，风姿楚楚，她扎起了一头乌黑长发，给人一种清爽而干练的感觉。她的衣服上也佩戴着一枚“春泪岛贵宾”的胸章。

阮文博又看了看手上的名单，稍微想了想，试探着问道：“你是……诸葛千诺小姐？”

“是的。”自称诸葛千诺的美貌女子点了点头，轻轻一笑，“你就是要把我们带到岛上的接待者吧？”

“嗯。”

对方一下子猜到自己的身份，这让阮文博感到有些惊讶。

“你的职业也是律师吧？”

诸葛千诺紧接着又问。

“咦，你怎么知道？”阮文博更加惊讶了，想了想，问道，“是季先生告诉你的？”

“没有，”诸葛千诺摇了摇头，淡淡地说，“季先生在信里只是说会派人接我到岛上，却没有说这位接待者的职业。”

“那你怎么知道？”阮文博一脸好奇。

“推理。”诸葛千诺嫣然一笑。

“啊？怎么推出来的？”

阮文博有些激动。

他酷爱看推理漫画——特别是号称正宗本格推理的《金田一少年事件簿》，对于现实中一切跟推理有关的事情，都很感兴趣。

他在生活中也经常扮演侦探，尝试推理，然而现实世界跟漫画里的世界不同，并没有那么多的线索在侦探的必经之路出现。他的推理因此屡屡碰壁，一般是每十次才有一次能够猜对。

然而面前这位诸葛千诺竟然一下子就猜到他是接待者，甚至还说出了他的职业，这可让阮文博敬佩万分，同时又满腹疑惑："到底她是怎样推断出来的？"

只听诸葛千诺有条不紊地解释道："其实只是很简单的观察和推理啦。我今天之所以到这里来，是受季先生之邀，而你在这里等我，并且早就知道我的名字，可见你也跟季先生有关，但你却没有佩戴'春泪岛贵宾'的胸章，可见你不是客人之一，因此我就知道你是接待者。"

"原来如此呀。"阮文博恍然大悟，"说穿了，还挺简单的嘛。可是，你怎么知道我是律师？"

"这个是靠观察。"诸葛千诺指了指阮文博现在拿在手上的文件夹，"你现在所拿着的这个文件夹的封面上印着'广成律师事务所'的字样哦。"

"啊？"阮文博瞠目结舌，回过神来后，对诸葛千诺肃然起敬，苦笑道，"大家都是律师，你比我强多了。"

"律、律师？"程东昊忽然插话，他转头望向诸葛千诺，舔了舔嘴唇，问道，"你是叫诸葛千诺吧？"

诸葛千诺点了点头。

程东昊讶然："这么说，难道你就是那位出道至今从未败诉的'神话律师'？"

"什么'神话律师'，只是别人的戏称，其实我只是运气比较好而已啦。"

诸葛千诺十分谦虚。

程东昊则一脸激动："真的是你呀？没想到'神话律师'原来是个大美女，真是闻名不如见面呀。"

没等诸葛千诺答话，他紧接着又说："我听说呀，你是诸葛亮的后人，对吧？"

诸葛千诺笑了笑："见笑了。如果族谱的记载无误，那么诸葛孔明确是我的祖先。"

"太牛啦！幸会幸会，我叫程东昊，以前是当法医的，现在开了一家私家诊所，这是我的名片，多多指教。"

诸葛千诺接过名片："原来程先生是大医生，失敬失敬。"

"什么大医生？混口饭吃而已啦。"程东昊笑道。

"程先生，"作为推理漫画迷的阮文博忍不住插话问道，"你以前当法医的时候，是不是检验过许多被谋杀的尸体？"

程东昊还没回答，他紧接着又说："我记得我读大学时每天都追看当时热播的《鉴证实录》，剧里的法医实在是酷毙了，利用敏锐的观察力和缜密的逻辑思维，加上科学鉴证，让尸体变成'会说话的死人'，找出各种线索，抽丝剥茧，还原案件真相。现实中的法医也是这样的吗？"

程东昊摇了摇头，苦笑道："如果你当过法医，你就会发现，现实中法医的工作比你在电视剧里所看到的要恐怖一百倍！"

"这么夸张？"阮文博讶然。

诸葛千诺也饶有兴致，认真聆听。

程东昊清了清嗓子，接着说："我可没夸张呀。想当年我在基层工作的时候，半夜三更要到现场解剖尸体。这个现场呀，有可能是荒野郊外，有可能是深山老林，也有可能是医院的太平间，总之大部分是阴森恐怖的；而那些尸体呀，腐烂恶臭算是好的了，苍蝇盘旋也没什么大不了，至于那些蛆虫在眼眶、鼻孔和嘴巴爬出爬进的，可就让人不那么愉快了，如果碰到碎尸案，要把一堆腐烂得都已看不出是人肉还是人骨的东西一块一块地拼起来，我相信经历过一次就会终生难忘。”

阮文博听得打了个冷战：“难怪你要转行开诊所。”

程东昊一脸无奈：“可不是吗？老实说，法医的确是个高尚的职业，但却吓跑了我两个女朋友，而且我自己也真的有点受不了。”

三人正聊得如火如荼，忽听不远处一位女子怯生生地问道：“你们几个都是要到春泪岛去的吗？”

3

众人回头一看，说话的是一个二十一二岁的长发女子，柳眉杏眼，樱桃小嘴，皮肤白净柔嫩，一副小家碧玉的样子。她的衣服上，和程东昊及诸葛千诺一样，也佩戴着一枚“春泪岛贵宾”的胸章。

阮文博再次看了看手上的遗产继承者名单，向那年轻女子问道：“你是朱心荷小姐？”

“是的，大家好哟。”

名叫朱心荷的年轻女子娇声说道。

“你好，我叫阮文博，是季先生派我把你们带到岛上去的。”

阮文博一本正经地介绍自己。

“你好哟，大帅哥。”

朱心荷向阮文博暗送秋波，把毫无防备的他狠狠地电了一下。

其实阮文博眼睛细小，鼻子平塌，可谓其貌不扬，从小到大除了在买东西时老板会对他说句“帅哥想买些什么”之外，还真没多少人会用

“帅”字来形容他。然而此刻朱心荷不仅称他“大帅哥”，语气还如此娇柔，可真让阮文博有些受宠若惊。

他吞了口口水，像念经一般在心中重复道：“我是有女朋友的人了，我是有女朋友的人了……”

程东昊跟阮文博截然相反，落落大方地向朱心荷介绍自己：“心荷，你好哟，我叫程东昊，跟你一样，是季先生所邀请的客人。

“哈哈，你好哟，另一位大帅哥，你的样子好阳光哦，是我喜欢的类型呢。”

朱心荷健谈热情，说话的声音又嗲声嗲气，可真让程东昊这个大男人听得连骨头也酥软了。

“那么，这位美女姐姐呢？”

朱心荷望向诸葛千诺。

然而诸葛千诺此刻怔怔出神，似乎正在思考一些重要的问题。

“诸葛小姐……”阮文博轻声叫唤。

“啊？”诸葛千诺回过神来，“不好意思，我在想一些事情。”

她接着望向朱心荷，嫣然一笑：“你好，我叫诸葛千诺。”

“你好哟。”朱心荷也笑了笑，“我本来还担心旅途沉闷，现在有你结伴，就有人陪我聊购物攻略和美容心得了，哈哈。”

“程东昊、诸葛千诺、朱心荷……好了，”这时候只见阮文博从口袋里掏出一支橙黄色的毕加索钢笔，在名单上把三个人的名字都打钩，接着合上文件夹，放回公文袋，最后抬起头来，对众人说道，“人齐了，我们这就上船吧。”

4

阮文博把程东昊、诸葛千诺和朱心荷三人带上停在岸边的一艘小型游艇。这是他几天前在附近的游艇俱乐部租借的，此外他还聘请了那俱乐部里一名工作人员当驾驶员。

游艇前往春泪岛的过程中，四人就坐在舱内谈笑风生。

“说起来，心荷你应该还在读书吧？”

在朱心荷出现后，程东昊把所有注意力都集中到她的身上了。相对于干练的女强人诸葛千诺，他更喜欢朱心荷这种小鸟依人的女生。

“上两个月刚毕业，现在正在找工作呢。你有介绍吗？”朱心荷娇声问道。

“可以到我的诊所来帮忙哟。”程东昊想也不想便说。

“诊所？”

“程先生是一家私家诊所的所长，”阮文博帮忙介绍道，“年轻有为呢。”

“真的吗？好棒哟！”朱心荷说罢，轻轻吁了口气，续道，“可惜我是艺术系毕业的，专业不对口呢。”

“没关系，”程东昊嘴角一扬，微微一笑，“可以边做边学嘛。”

“呵呵，我考虑一下吧。”

“对了，”程东昊接着说，“你一个人到春泪岛这么偏僻的地方，你的男朋友不会担心吗？”

他果然得到了他希望得到的答案：“男朋友？我没有男朋友啦！”

“不会吧？”程东昊那一脸的惊讶略显夸张。

“真的啦！”朱心荷双颊微微一红。

“那回到L市以后，我可以约你吃饭看电影啰？”

“可以呀！”

“这是我的名片，你也给我留个电话号码吧。”

两人交换了手机号码以后，仍然聊个不停。

“心荷，你有微博吗？”

“有的呀。”

“你的昵称是什么？我关注你。”

阮文博见两人似乎没有停下来的趋势，轻轻地咳嗽了两声，稍微打断了他俩的对话：“不好意思，打断一下。”

“怎么呀？”朱心荷有些不悦。

阮文博吸了口气，一脸认真：“我想先跟大家说些正事。”

三人见阮文博神情严肃，不约而同地把视线集中到他的脸上。

阮文博舔了舔嘴唇，引出正题：“相信在座三位都是因为收到季先生的邀请信而前来赴约的吧。而季先生在信里并没有说把大家叫到岛上的原因，对吧？其实这是一个很不愉快的消息：上个月，医生检查到季先生患上肝癌，而且已经到晚期了，季先生很快就要离开我们了。”

“什么？”

朱心荷首先叫出声来。她的神情先是异常惊讶，随后又浮现出一丝悲伤。

“真遗憾呀。”

相比之下，程东昊就冷静得多，听到这消息后，只是微微一怔，随即回过神来。

诸葛千诺若有所思，默然不语。

阮文博接下来的话，更让众人目瞪口呆。

“大概在半个月前，季先生打电话给我，在电话里他委托我全程跟进处理他的遗产分配事宜。”他说到这里顿了顿，以极快的速度分别向三人看了一眼，清了清嗓子，接着说，“咳咳，而在座三位，都是他遗产的继承者之一。”

“遗、遗产继承者？”程东昊这一惊非同小可，“我、我是季尊天的遗产继承者？”

“不会吧？”朱心荷又惊又喜，刚才脸上的那一丝悲哀转瞬间消失得无影无踪，“他是大画家，有很多钱吧？我们能分到多少？”

阮文博还没来得及回答，诸葛千诺也一脸惊讶地问：“为什么会是我们？我们跟季先生非亲非故呀。”

“大家请冷静一下。”阮文博伸出双手，两掌朝下，示意众人安静，他定了定神，决定先回答诸葛千诺的问题，舔了舔嘴唇，续道，“诸葛小姐，是这样的，季先生跟我说，他所选定的遗产继承人，或者是曾经帮助过他的人，或者是他的好朋友。”

“帮助过他的人？好朋友？”诸葛千诺秀眉微蹙。

阮文博笑了笑：“诸葛小姐，虽然季先生没有跟我提起过你的事，但我对你六年前刚出道时帮季先生辩护的那场官司印象极深，那简直是我们律师界里永恒的神话，让每个刚入行的新手律师视为最成功的范例。”

他说到这里，快速地吸了口气，接着说：“我想，就是因为你那时候帮助过季先生，所以他把你列为他的遗产的继承者之一吧。”

“是这样呀……”诸葛千诺微微颔首。

“当然，”阮文博紧接着又道，“季先生邀请三位到春泪岛做客，除了要处理遗产分配事宜，还想跟各位老朋友见见面。毕竟在不久以后，他就永远见不到我们了。”

虽然在接受委托前，阮文博跟季尊天素不相识，哪怕是现在，两人也只是见过两三次，感情并不深厚，但阮文博说到这里，想到一个活生生的人即将要永远离开这个世界，语气不由自主地有些伤感。

然而程东昊却完全没有被感染，他甚至全身颤抖，一脸激动地说："我听说，季尊天有二十多亿资产呀！这么说，我们三个人每人能分到十亿？这是真的吗？靠！太疯狂了！"

"什么？"朱心荷失声大叫，"二十多亿？你……你是说我能分到十亿？这……这……我的妈呀！我是在做梦吗？"

"你不知道季尊天是超级大富豪吗？要不，他怎么能随随便便就买下一整座岛屿？"

程东昊声音高昂，神情激动，仍然处于失控状态。

"我只知道他是大富翁，但不知道他有钱到这种程度！"朱心荷也难以压抑心中的兴奋，"哇！我的妈呀！"

"大家请冷静！冷静下来！"阮文博朗声道。程东昊和朱心荷总算稍微平静下来。

阮文博缓过了一口气，清了清嗓子，淡淡地说："事实上，据不完全统计，季先生的现金、银行存款、股票等流动资产加起来，有二十亿左右，算上固定资产，大概有三十多亿。"

"三十亿？我的妈呀！"朱心荷又激动起来，"每人真的有十亿！十亿啊！我想都没想过呀！"

"朱小姐，冷静一下。"阮文博说，"其实不是这样算的，因为除了你们三个，还有另外两位继承者，他们是季先生的管家和助手。"

没等朱心荷答话，阮文博话锋一转，紧接着又说："不过你也不用失望，遗产的继承者总共就五个人，如果是均分，你们每人大概能分到五到六亿吧。”

“五到六亿！这已经是一辈子都花不完的钱了！靠！这真他妈太疯狂了！太疯狂了！”

命运突然发生重大转变，这让才刚冷静下来不久的程东昊忍不住又激动起来。

“我真的没在做梦吗？这是真的吗？哇！我的妈呀！”

朱心荷兴奋得完全失控，紧紧地抱着程东昊。而程东昊也得意忘形，就在阮文博和诸葛千诺这两个陌生人面前，跟今天第一次见面的朱心荷疯狂地亲吻起来。

三位继承者中，最冷静的就是诸葛千诺了。只见她很快就从这个惊天动地的消息中回过神来，吸了口气，微微地扭动了一下脖子，无意中向阮文博看了一眼。她发现，阮文博正紧紧地盯着忘乎所以的程东昊和朱心荷，轻轻地叹了口气，满脸羡慕，甚至在羡慕中略带一些嫉妒。

这也难怪，他并非遗产的继承者之一，作为一个每天为生活打拼的普通人，看到程东昊和朱心荷因为天降横财——而且是天文数字——而兴高采烈，怎会不眼馋？

5

大概过了十分钟，大家才真的逐渐冷静下来。程东昊和朱心荷虽然内心仍然兴奋无比，却也不再语无伦次，手舞足蹈。

“阮律师，我们还有多久才能到达春泪岛？”

朱心荷有些急不可待了。

“全程要三个多小时，”阮文博看了看手表，“还有两个小时左右吧。”

“真的好想快点见到季先生。”

朱心荷双手抱拳，置于胸前，一脸期待地说。

“我也是，”程东昊说道，“我跟季先生也好久没见了。”

阮文博向程东昊看了一眼，忽然问道：“对啦，程先生，我好奇问问哪，你跟季先生是怎样认识的？”

“什么意思？”程东昊皱了皱眉。

阮文博连忙解释：“你别误会呀，我就是好奇而已。因为你是一家私家诊所的所长，应该跟身处油画界的季先生没什么直接关系吧。难道他去过你那儿看病？”

虽然他问得比较婉转，但众人都听出了他真正的意思是：“季尊天为什么会把你列给遗产的继承者之一？”

程东昊尚未回答，诸葛千诺推测道：“难道在你当法医的时候，就跟季先生认识了？可是法医跟画家，也是风马牛不相及呀。”

“其实是更早。”程东昊明白阮文博的意思，他也没隐瞒，清了清嗓子，说道，“大概在十年前吧，当时我才十七八岁，有一天我独自到千寻山登山，走到山腰的时候，突然看到满地撒满了冥币，有些还正在焚烧，十分恐怖。我再定神一看，那堆冥币中竟然有一个男人横躺在地上。我吓了一跳，以为自己撞鬼了，哪里还敢接近？退一步说，即使那是人，我也不想多管闲事，避免惹祸上身。于是，我想也不想，转身离开。”

他说到这里，轻轻吁了口气，接着说：“可是走了十多步，我又停了下来。我想，如果那个人受伤了，而我就这么一走了之，把他丢在深山里，他或许会因此丢掉性命。我犹豫了好一会，最终还是觉得‘救人一命胜造七级浮屠’这句话大有道理，决定回去看看。

“于是，我强迫自己压抑着心中的恐惧，硬着头皮走回去。现在回想，如果当时我的心中没有那份仁慈，就这么一走了之，那么今天也不会得到数亿的遗产。‘好心有好报’这句古话，还真有它的道理。”

众人听到这里，对于事情的发展已能猜到十之八九，但大家还是听得十分认真，谁也没有打断程东昊的叙述。

“原来那躺在冥币中的是个五十多岁的男人，他手捂着心脏，一脸痛苦。当时的情况容不得我多想了，我连忙把他背下山，送他到医院去，最后他安全无恙。再后来我才知道，原来那男人自己一个到山上祭祖，却突然心脏病发。医生说，如果他被送到医院的时间再晚十分钟，他便会有生命危险了。”

阮文博听到这里终于忍不住问道：“那个被你所救的男人，就是季先生，对吧？”

“嗯。”程东昊点了点头。

“那次以后，你跟季先生就熟识起来啦？”阮文博又问。

“还好吧，他偶尔会邀请我到他家做客。但在他搬到春泪岛居住后，我跟他见面的次数就越来越少了。”程东昊说到这里想了想，“屈指一算，上次见面应该是两年多前了。”

“原来你是季先生的救命恩人呀。”朱心荷微微吸了口气，“难怪他要把你列为遗产的继承者之一。”

“嗯，”程东昊颔首，“季先生是个得人恩果千年记的人。”

诸葛千诺也笑了笑：“我嘛，也只是帮季先生洗刷了冤情，而你呀，则对他有救命之恩。你被列为遗产的继承者之一，当之无愧。如果当年你没有出手相救，或许今天世界上就少了一位油画大师了。”

“哪里的话？”程东昊有些不好意思，干笑了两声。

为了转移话题，他紧接着转过头来对朱心荷问道：“对了，心荷，你呢？你又为什么会被列为遗产的继承者之一？”

“我？”朱心荷微微一怔，想了想，说道，“我之前是L市中文大学艺术系的学生。两年前辅导员组织我们参观季先生的个人画展，那天季先生刚好也在画展现场，我跟他就是那时候认识的。那时我们聊了一会，彼此都觉得蛮投缘的，就交换了联系方式。后来他又数次邀请我参观他的画展，我们也就逐渐熟识起来了。”

她说到这里便停了下来。

数秒的沉默后，阮文博忍不住问道：“然后呢？”

“什么然后？”朱心荷不解。

“然后你跟季先生怎样了？”

“什么怎样？”

“我的意思是……”阮文博搔了搔脑袋，稍微组织了一下语言，说道，“诸葛小姐曾经帮季先生洗刷冤情，而程先生则救过季先生的性命，他俩都有恩于季先生，所以被季先生列为遗产的继承者之一。而你呢？季先生把你也列为继承者之一，就是因为你俩投缘？”

“我……我想是吧。”朱心荷的语气有些言不由衷。

“不会吧？”阮文博皱了皱眉，不禁喃喃自语，“说起来，我为了他的遗产分配一事东奔西跑，也算出力不少……太不公平啦！”

程东昊也觉得有些奇怪，向朱心荷问道：“的确有些莫名其妙呀。季先生的朋友应该不少吧？画廊的人呀，报刊的记者呀，购买过他的油画的收藏家呀，都有跟季先生打过交道，为什么季先生偏偏只把你列为继承者之一？”

他吸了口气，正色问道：“心荷，你是不是还有些什么重要的事情没告诉我们呀？”

“没有啦！”朱心荷又撒起娇来。

程东昊轻轻地“哼”了一声，心里有些不忿：“这女的什么都没做过，就能分遗产？季尊天是不是老糊涂了？如果没有她，我或许能多分一两亿呀！是一两亿呀！”

他越想越不服气，忍不住又追问：“你再想想看，你跟季先生还发生过什么事情？”

面对程东昊的穷追猛打，朱心荷有些不知所措：“我……我……”

“好啦，程先生，别难为人家小姑娘嘛。”诸葛千诺连忙来打圆场，“心荷刚才不是说过吗？她是艺术系的学生，对油画也有自己的见解。她跟季先生以画会友，成了忘年之交。所谓千金易得，知音难求，季先生把自己的遗产送给自己的知己，也是合情合理的事吧。”

虽然诸葛千诺的解释有些牵强，但她都这么说了，程东昊也不好意思再为此事刨根究底了。

接下来，四人东拉西扯，闲话家常，但却很有默契地再也没有提及季尊天遗产分配的事。

一转眼间便又过了两个多小时。夕阳西下，晚霞染红了大海，已至傍晚时分。

“到啦！”阮文博忽然指着远处大叫一声。

众人向前一望，前方果然隐隐约约有一座岛屿。

那正是三年前被季尊天所买下的、位于飞琴海中央的春泪岛。

第二章　主馆

1

游艇在岸边停下。程东昊首先跳下船，在岸上先后把朱心荷和诸葛千诺拉了一把。

“小陈，麻烦你啦。”阮文博对游艇的驾驶员说道。

“阮律师，别客气。能为季先生服务，我们感到十分荣幸。”

“嗯，租借游艇的费用，我过几天再到你们那儿结算。”

“行，你先忙完你的事吧。”驾驶员笑了笑，“那么，祝你们一切顺利。我先走啦！”

“好，再见啦！”

阮文博说罢，也走下游艇。

驾驶员又朝众人扬了扬手，接着便驾着游艇疾驰而去了。

“咦，阮律师，他不跟我们一起上岛呀？那我们要怎样离开这儿呀？”

朱心荷眉毛微微一蹙，有点担忧地说。

阮文博淡淡一笑：“朱小姐，请放心，等遗产分配的事情处理完毕后，季先生会打电话通知他的私人游轮来接大家回去。”

程东昊点了点头：“嗯，我上次到岛上来，也是乘坐季先生的私人游轮。”

“这样呀……那好吧。”

朱心荷这才微微地松了口气。

“那么，我们走吧，”阮文博望着远处，“到主馆去吧。”

“主馆？”诸葛千诺有些好奇，“季先生所住的地方吗？”

“嗯！这座岛屿是季先生三年前花费两亿人民币买下的。买下以后，季先生把它命名为‘春泪岛’。我想意思大概是春天的眼泪吧，至于深层含义是什么，我也不知道。此后，季先生又雇用工程队，用了半年的时间，在岛上建造了五座建筑。这五座建筑彼此相距不远，成十字形排列。”

阮文博一边领着程东昊、诸葛千诺和朱心荷三人向岛中央走去，一边介绍春泪岛的概况。

“在春泪岛中央的是主馆，那是五座建筑中最大的建筑，有四层高。而其他四馆，分别位于主馆的四面，都只有一层。

“主馆东面的那座馆叫破碎馆，南面的叫倒置馆，西面的叫错位馆，北面的则叫缺失馆。这些馆的名字，都是季先生所起的，就跟春泪岛这个名字一样。

“季先生和其他人平日的起居饮食，都在主馆里。季先生只有在寻找绘画的灵感或希望转变绘画的思路时，才会到四馆去。四馆平时基本是空置的，而且大门都是上锁的，而钥匙就只有季先生一个人持有。”

“你刚才说‘季先生和其他人’？”朱心荷听到这里问道，“除了季先生，岛上还住着些什么人？”

阮文博舔了舔嘴唇：“据我所知，跟季先生一同住在春泪岛的，就只有两个人：一个是跟了季先生几十年的管家，名叫曹武，他主要负责季先生的饮食，他每周都会乘坐季先生的私人游轮，亲自到市中心购买食物和生活必需品，除此以外，他还会联系岛外的清洁公司、园艺公司、家电维修人员等，定期到岛上进行维护工作；至于另一个则是季先生的助手，名叫段乐彤，负责跟画廊、拍卖公司、媒体等联系，出售季先生的新作，她很少离岛，一般想要跟季先生合作的企业或个人，都会亲自上岛拜访。”

“你知道得还真清楚呀。”诸葛千诺笑道。

阮文博也笑了笑：“其实对于季先生的事迹及其生活，我本来也是一知半解，我是在受理了季先生的委托后，才开始做功课的。”

“再说，”他紧接着补充道，“那位段乐彤，刚好是我女朋友的大学同学，我跟她以前见过几次，也从她口中得知了一些关于春泪岛和季先生的事。”

春泪岛的面积不大，众人这样边走边聊，步行了十多分钟，不知不觉已来到小岛中央的主馆。

“那座四层建筑就是主馆了。”阮文博指着主馆说道。

“咦，你们看看，门外好像有人。”朱心荷说。

众人远远望去，果然看到有两个人站在主馆的大门外：一位是个七十出头的老人，虽然白发如丝，满脸皱纹，但却精神抖擞，没有丝毫的龙钟老态；另一位则是个二十三四岁的长发女子，柳叶眉，瓜子脸，虽非绝色美女，却能给人一种温柔恬静的舒服感觉。

阮文博把诸葛千诺等人带到这一老一少两人跟前，笑道：“曹管家，段小姐，你们好哟。”

老人向阮文博淡淡一笑，接着向程东昊、诸葛千诺和朱心荷三人点了点头，说道：“三位贵宾好，我是这里的管家——曹武，请多多指教。”

“曹管家你好。”诸葛千诺说道。程东昊和朱心荷也跟着打招呼。

“唔，”站在曹武身旁的长发女子支吾了一下，有些腼腆地说道，“大家好，我是季先生的助手，我叫段乐彤，大家叫我小彤就好了。”

“你们好，我叫程东昊。”

“大家好哦，我叫诸葛千诺。”

“我嘛，叫朱心荷，请多多指教哟。”

程东昊等三人分别向管家曹武和助手段乐彤介绍自己后，阮文博看了看曹武，笑着向众人介绍道：“咱们的曹管家呀，以前可是一家武馆的首席教练，以一敌百，非常神勇。现在虽然上了年纪，却也宝刀未老，哈哈！”

“阮律师过奖啦。咱们就好汉不提当年勇了，呵呵。”曹武一本正经的脸上展现出一丝笑容，他舔了舔嘴唇，接着说道，“好啦，大家乘了这么久的船，也累啦，先到馆里来休息一下吧。”

2

曹武和段乐彤把阮文博等四人领进主馆，带着他们穿过大厅，来到一楼的客房前方。

“这里都是空房，大家可以挑选自己喜欢的房间。”曹武说道。

“心荷，你睡哪个房间呀？”

“随便吧，唔，就这个吧。”

“那我睡你隔壁的房间好了，呵呵。”

“好呀，晚上我可以去找你玩儿。”

朱心荷对程东昊的主动热情让阮文博有些想入非非：“玩儿？玩什么？这程东昊还真艳福不浅呀！算了，我瞎想什么？我都是有女朋友的人了。对了，小彤跟我女友是闺蜜，我可不能跟诸葛小姐或朱小姐过于亲密，否则小彤向我女友告密可就糟透了。”

为了不让自己胡思乱想，他马上扯开话题：“好了，大家挑选好房间后，先把自己的行李放好吧。”他说到这里看了看手表，接着说：“接下来，大家就在客房里休憩片刻吧，十分钟后，我们在主馆的大厅集合。”

“是要说分遗产的事吗？”朱心荷的语气又兴奋起来。

“是的。”

阮文博偷偷地向青春少艾、身材火辣的朱心荷瞄了一眼，忍不住咽了口唾沫。

“今晚她真的要找程东昊‘玩儿’吗？唉，真有点羡慕呀！”

“要不现在就说吧，”朱心荷的话打断了阮文博的遐想，“我不需要休息。”

“可是……”

阮文博分别向程东昊和诸葛千诺看了一眼。

程东昊会意，马上说：“我也没问题，你现在就说吧。”

诸葛千诺舔了舔嘴唇：“我尊重大家的意见。”

“那好吧，”阮文博深深地吸了口气，“那么大家放下行李后，我们就到大厅去吧。”

接下来，众人来到主馆大厅。阮文博让众人坐下后，四处张望，嘴唇微张，欲言又止。

程东昊有些焦急：“曹管家，季先生呢？他不是有事情要跟我们说吗？”

阮文博顺势问道：“季先生是在休息吗？”

他话语甫毕，只见曹武和段乐彤不约而同地对望了一眼。众人沉默了数秒后，只听段乐彤微微地叹了口气道：“曹管家，我想，还是跟大家实话实说吧。”

阮文博“咦”的一声：“发生了什么事吗？”

诸葛千诺、程东昊和朱心荷，也一脸疑惑地望向曹武。

曹武也叹了一口长气，舔了舔嘴唇，缓缓地道：“事实上，从昨天上午开始，我们就找不到老爷了。”

“找不到季先生？”诸葛千诺秀眉一蹙，“什么意思？”

段乐彤清了清嗓子，用怯生生的语气补充道：“是这样的，昨天上午季先生没到饭厅来吃早餐，我和曹管家以为他没有胃口，也不怎么在意，但直到中午，他还是没有出来，我跟曹管家觉得不对劲，就到他的卧房找他，却发现他不在房里。接下来，我们把整座主馆都找遍了，却终究没有看到季先生的踪影。”

“他会不会到馆外散步去了？”朱心荷问道。

“不会，”曹武摇了摇头，肯定地说，“老爷这几天精神不好，连走路也走不稳，一个人应该无法离开主馆。”

他顿了顿，紧接着又说：“再说，哪怕老爷真的独自一人到馆外散步，但从昨天上午到现在，已经过了两天一夜，他也早该回来了吧？”

朱心荷颔首：“那倒是呀，他没回来吃饭也就罢了，但昨晚总不会睡在野外吧？”

“哦？”阮文博想了想，提出自己的看法，“季先生会不会是到其他四馆去了？”

曹武再次摇了摇头：“我跟小彤昨天下午就到四馆找过了，四馆的大门都是紧锁的，老爷应该不在里面。”

“你们没进去查看过吗？”程东昊问。

“没有，”曹武吸了口气，“我和小彤都不知道老爷把锁住四馆大门的钥匙放在哪儿，进不去。”

“四馆的大门是从外上锁的吗？”

这一回发问的是诸葛千诺。

“是的。”

“那么，四馆的大门可以从馆内上锁吗？”诸葛千诺又问。

“不可以，”曹武回答，“其实四馆的大门都没有安装铁锁，老爷平时只是用四把大型的防盗挂锁把四馆大门的门把手锁住。”

“这样呀？”诸葛千诺清了清嗓子，分析道，“那么，季先生应该不在四馆里了，因为如果他在四馆的其中一馆里面，他是无法在馆内用防盗挂锁把大门上锁的。”

她说到这里顿了顿，望向曹武，微微一笑：“这也是你们所得出的结论，对吧？”

曹武点了点头。

诸葛千诺接着又说：“另一方面，季先生身体不好，在野外待了两天一夜的可能性也不大。所以我认为——”

她顿了顿，一字一字地说：“季先生现在仍然在主馆里的可能性比较大。”

“可是我们把主馆都找遍了呀！”曹武说。

“会不会漏掉了什么地方？”程东昊问道。

“应该没有吧？”曹武的语气中有一丝的不肯定。

“要不我们几个人再分头搜索一下主馆吧。”阮文博提议道。

曹武想了想：“好吧，那就麻烦各位了。”

他的语气有些不情愿，大概是不想让阮文博等陌生人在主馆里随意走动，却又无可奈何。

3

当下六人分工合作，曹武和朱心荷负责搜索第一层，段乐彤和程东昊负责第二层，阮文博负责第三层，诸葛千诺则负责第四层。分头行动之前，众人约定，无论是否找到季尊天，半个小时后都在主馆一层的大厅集合。

阮文博此前虽然来过主馆，但并没有到过第三层，此刻独自搜索这个陌生的地方，难度的确不小。他一丝不苟地查看每个房间，连房间的衣柜甚至是床底也不放过，搜索完毕时，已经用了四十分钟，但却仍然毫无收获。

他匆匆回到一层的大厅，只见曹武、朱心荷和诸葛千诺都已坐在沙发上等候。

“怎么样？有收获吗？”诸葛千诺问道。

阮文博摇了摇头："没有。你们呢？"他刚问完，马上意识到自己多此一举。如果他们已经找到季尊天，诸葛千诺还怎么会对他有此一问？

但朱心荷还是回答了："一层除了其中一个房间，其他地方都找过了，没发现季先生。"

阮文博"咦"的一声："除了一个房间？"

朱心荷点了点头："那个房间上锁了。"

曹武解释道："那是小彤的睡房。此前小彤已经找过了，季先生不在里面。"

阮文博"嗯"的一声，点了点头。

曹武紧接着叹了口气，语气之中充满担忧："老爷到底哪里去了？此前他无论去哪儿都会跟我交代一声。不会是发生什么意外了吧？"

阮文博拍了拍曹武的肩膀："曹管家，别太担心，程先生和小彤还没回来呢，说不好他俩有收获呢。"

又等了几分钟，程东昊和段乐彤也回来了。

"怎么样？你们有找到季先生吗？"朱心荷急不可待地问。

程东昊摇了摇头："没有。你们也没收获吧？唉，怎么会这样？"

"他还蛮关心季先生的嘛。"阮文博心想，"咦？不对！他自己也说他跟季先生算不上熟识，而且已经很久没有联系。他只是在担心自己会因为季先生的失踪而分不到遗产！"

"咦？"段乐彤这突如其来的声音打断了阮文博的思索，他回过神来，只见段乐彤指了指大厅沙发前方的那张玻璃茶几，"你们看看茶几上那是什么？"

众人朝段乐彤所指的方向望去，果然看到那玻璃茶几上好像放着一些什么东西，于是不约而同地走到沙发前一看，只见茶几上放着一张光盘，光盘上印着"《春泪岛的惨剧》第一幕"这几个字，此外在光盘旁边还放着一把钥匙。

“这里怎么会有一张光盘？”曹武喃喃自语，“谁放这儿的？”

他舔了舔下唇，向段乐彤问道：“小彤，是你的吗？”

段乐彤摇了摇头：“不是呀。“

“我们分头搜索主馆之前，这张光盘好像并不在茶几上。”诸葛千诺回忆道。

“就是呀！真奇怪！”曹武浓眉紧皱。

“我们先看看光盘里有什么吧。”阮文博提议道。

“阮律师说得对。我说啊，这光盘或许是季先生放在这儿的，光盘里的内容跟遗产分配有关也说不定。”一提起遗产，程东昊不禁咽了口唾沫，“曹管家，哪儿有电脑？快看看吧！”

“我不会用电脑，也没有电脑。”曹武搔了搔脑袋，“小彤，用你房间的电脑可以看这张光盘吧？”

“要不我把我的笔记本拿出来吧？”段乐彤提议。

“好！快点！”程东昊催促。

于是段乐彤独自回到自己的房间，拿上笔记本电脑，又匆匆来到大厅，把笔记本放在茶几上，按下开机键。等待进入系统的时候，曹武、段乐彤和诸葛千诺比较平静，而阮文博、朱心荷和程东昊则有些激动，特别是程东昊，不停地搓着手，一副心急如焚的样子。

不一会，终于进入操作系统了，只见电脑桌面的背景是一块白色的手表，表圈上镶嵌着十多颗透明的水晶，设计简约而高贵。图片右下方还有一行字——“Swatch时尚魅影系列YLS430白雪公主”，那应该是这块手表的品牌和型号。

“看来小彤挺喜欢这块手表呀，都把它设置为桌面背景了。”

阮文博一边思索，一边望向段乐彤，刚好看到她打开了笔记本的光驱，接着用右手拿起玻璃茶几上的那张神秘出现的光盘，放了进去。那一瞬间，阮文博留意到段乐彤的右手的手腕上，正好戴着一块跟桌面背景一模一样的手表，那手表崭新且光亮，看样子刚买回来不久。

阮文博还在思索，段乐彤已经打开了光盘。光盘里只有一个视频文件，时长仅有七秒。

“要打开看看吗？”段乐彤向众人询问。

“这不是废话吗？”程东昊已经有些不耐烦了，大声催促，“快打开呀！”

段乐彤吓了一跳，提起颤巍巍的手双击那视频文件。与此同时，众人不约而同地围到笔记本的显示屏前方。

随着画面的打开，只见一个头戴面具的人骤现于众人的眼前。

大家或多或少都因此而吃了一惊。

众人定神一看，画面中那人所戴的是一张白面幽灵鬼面具，颧骨宽大，而下巴又尖又长，双眼、鼻孔和嘴巴如黑洞一般深陷，其中嘴巴张得极大，从鼻梁到下巴，足足占了半张脸，十分诡异。

众人还没反应过来，只见显示屏中的“幽灵鬼”缓缓说道：“各位观众，《春泪岛的惨剧》的第一幕，已在主馆东面的破碎馆上演，欢迎前往观看。”

他（她）说话的声音尖锐刺耳，显然经过变声器处理。他（她）只说了这句话，视频便结束了。

“什、什么意思嘛？”朱心荷的声音有些颤抖，“这人是谁呀？干嘛戴着一张这么可怕的面具呀？莫名其妙呀。”

“这张面具叫幽灵鬼，是漫画中经常出现的角色。”阮文博解释道。

诸葛千诺秀眉一蹙，思索了几秒，便舔了舔嘴唇，头头是道地分析起来：“我们搜索主馆前，这张光盘真的没在茶几上。所以，应该是有人在我们搜索主馆寻找季先生的那段时间中，悄悄把光盘放在这里的。”

曹武皱眉道：“可是岛上除了我们几个人，应该没有其他人了，那么是谁把光盘放在这儿的？难道真的是老爷？”

诸葛千诺稍微吸了口气：“你的意思是，季先生故意躲起来，不让我们找到他，然后趁我们搜索主馆的时候，偷偷溜到大厅，放下这张光盘，最后又躲到某个地方？”

“不会吧？”朱心荷有些不安地说，“季先生不会这么无聊吧？”

她说罢，忽然背脊掠过一丝寒意，忍不住四处张望了一下，同时打了个冷战。

“也不一定是季先生哦！”阮文博发表自己的见解，“或许录下这张光盘并且把光盘偷偷放在茶几的‘幽灵鬼’，就在我们六个当中呢。”

他的语气有些兴奋。作为推理漫画迷的他，遇到这种奇怪的情况，心情有些激动，甚至跃跃欲试，想要找出恶作剧的人。

“这样吧，各位，”程东昊提议道，“我们就根据视频里的指示，到破碎馆走一趟吧，看看这‘幽灵鬼’所说的‘春泪岛的惨剧’到底是什么。”

“可是，破碎馆的大门上锁了呀。”曹武说。

“光盘旁边不是还有一把钥匙吗？”诸葛千诺推测道，“我认为，那就是破碎馆大门上那挂锁的钥匙。‘幽灵鬼’既然想让我们到破碎馆走一遭，自然会帮我们把钥匙准备好。”

看来大家都默认了阮文博提出的称谓，把视频中的面具人称作“幽灵鬼”。

“那是破碎馆的钥匙？”曹武有些不安，“破碎馆的钥匙应该只有老爷一个人有呀。为什么这个面具怪人也会有？是从老爷身上拿到的？难道老爷被这面具怪人抓起来了？”

“老管家，别那么多废话了，”程东昊没好气地说，“我们到破碎馆一探究竟，不就什么都清楚了吗？”

曹武稍微想了一下，吸了口气，说道：“那好吧，各位请随我来。”

4

于是，曹武把众人领到主馆东面的破碎馆。破碎馆距主馆只有百余米，众人步伐匆匆，走出主馆的大门后，仅用了数十秒便来到破碎馆的大门前。

正如曹武所说，大门上拴着一把巨型的防盗挂锁，锁梁由金属所制，竟比一个成年人的手臂还要粗一些，看样子一般的工具是无法把它破坏的。

诸葛千诺上前一步，把刚才放在光盘旁边的钥匙插进挂锁的钥匙孔，轻轻扭动，只听“咔嚓”一声，挂锁果然被打开了。

“真、真的是破碎馆的大门钥匙？”

曹武的表情有些惊讶，紧接着，一脸的惊讶瞬间被担忧所取代。

“老爷，你到底在哪儿呀？”他低声道。

诸葛千诺取下挂锁，打开了破碎馆的大门：“我们进去吧。”

“大家小心一些。”阮文博提醒。

“我来带路吧！”

曾为武馆教练的曹武艺高人胆大，无所畏惧，率先走进破碎馆。段乐彤毫不犹豫地紧跟其后。诸葛千诺、阮文博、程东昊和朱心荷四人不约而同地对望了一眼，先后跟了进去。

走进破碎馆，迎面而来的是一道一眼看不到尽头的长廊。步入长廊，只见两侧的墙壁上挂满了油画，主题有诸如餐具、饰品、家私之类的静物，也有如甲虫、鲤鱼、白兔、雄狮乃至人类等动物。最震撼人心的是，这些油画里的东西，无论是物或人，均呈“破碎”状态：碗碟家具之类的东西，都被摔得粉碎；而动物和人类，都处于死亡状态，并且被分尸，血腥恐怖至极！越往前走，油画中的景象就越让人压抑，甚至令人喘不过气。

“油画大师果然名不虚传，”阮文博赞叹道，“虽然我不懂得欣赏油画，但也看得出这些作品实在是非同小可！”

“破碎馆里挂满了以‘破碎’为主题的油画，季先生真有意思。”诸葛千诺接话道。

“这么恐怖的油画你们还有心情欣赏？”朱心荷不由自主地抓住了程东昊的手臂，“大家走快点吧！”

程东昊顺势紧紧地抓住了朱心荷的手：“别怕呀！有我在！”

好不容易走完长廊，进入破碎馆的大厅，众人向前一看，由不得都呆住了。

在那一刹那，大家似乎一下子从现实走进了画中的世界。

为什么会这样？

因为破碎馆大厅里的所有家具和摆设都被敲碎了，碎片散落一地，大厅凌乱不堪，一片狼藉，给众人呈现如梦魇一般的诡异景象。

诸葛千诺回过神来，感叹道：“季先生还真别出心裁，把破碎馆所有东西都敲碎了，让这破碎馆名副其实，把‘破碎’的主题从油画带到现实中。”

“不……不是这样的……”曹武的声音有些颤抖，但他毕竟是学武之人，很快就冷静下来，说道，“这里之所以被老爷称作破碎馆，只是因为老爷在馆内挂满了以‘破碎’作为主题的油画，但馆内的摆设，都跟其他四馆没有区别。”

“你的意思是，这里的家具和摆设，本来不是呈破碎状态的？”

诸葛千诺也觉察到事情的严重性了。

“嗯，所有家具都是完好无缺的！”

曹武说完，揉了揉眼睛，定神一看，确认自己没有眼花后，由不得吞了口口水。

“那是谁把这里大肆破坏呀？”程东昊提出疑问。

“难道，”诸葛千诺吸了口气，“就是刚才视频中的那个‘幽灵鬼’？”

“那到底是谁呀？”程东昊稍微加大了声音，“不仅给我们留下一段诡异的视频，还把这里破坏成这个样子，这玩笑开大了吧？”

“我们先搜查一下破碎馆，看看有什么线索吧。”

阮文博摩拳擦掌。情况越来越严重，但他的心里竟隐隐有些期待和兴奋。毕竟，这些在推理漫画中经常出现的恐怖桥段，在现实中是可遇不可求的。

“我赞成阮律师的提议，不过，”诸葛千诺说道，“为了安全起见，我建议我们六个人一起行动。”

“可以呀。”程东昊说道。

“我也赞成，”朱心荷说，“大家一起行动的话，哪怕碰到那‘幽灵鬼’也不必害怕。”

“当然，咱们的曹管家可是武术高手嘛。”阮文博笑了笑，向曹武问道，“曹管家，你认为呢？”

“啊？啥？”曹武回过神来。

“我们想要搜索一下破碎馆，看看能不能找到季先生，顺便看看那个破坏破碎馆的人有没有留下什么蛛丝马迹。”诸葛千诺一口气说道。

“好！”

诸葛千诺点了点头：“那么，曹管家，麻烦你带路。”

5

在曹武的带领下，众人首先来到破碎馆的书房。打开房门，只见里面的书桌、椅子和书柜都被敲碎了，书桌上的摆设全被破坏，而书柜上的书，每一本都被撕得粉碎，房间的每一个角落，都撒满了木块和碎纸。

虽然在进入书房之前，众人早有心理准备，但看到如此情景，还是目瞪口呆。

“看来破碎馆里的房间无一幸免呀。”诸葛千诺推测道。

“到底是谁干的呀？”程东昊皱眉道，“这肯定不是开玩笑了！”

朱心荷也咽了口唾沫：“好、好可怕呀！那个人把所有东西都破坏，到底是什么居心？”

曹武望着满房间的碎片，一脸不安：“破坏破碎馆的人如此心狠手辣，如果老爷的失踪真的跟他（她）有关，恐怕老爷现在的处境不太妙呀！”

段乐彤也十分担忧：“曹管家，那怎么办呀？”

曹武只是一介武夫，可谓有勇无谋，突然遇到这种情况，还真束手无策，只好向阮文博求助：“阮律师，你说咋办呀？”

阮文博并没有回答曹武，甚至瞧也没瞧他一眼，一脸认真的他，只是向曹武摆了摆手，接着小心翼翼地走前几步，像推理小说中的侦探那样，一言不发，蹲下身子，细细观察。

忽然，他发现地上除了家具和图书的碎片外，还有大量不规则的陶瓷碎片。

阮文博捡起其中一块，喃喃自语：“这是什么？”

站在他身后的曹武说道：“应该是花瓶的碎片吧。”

“花瓶？”阮文博这才转过头来，向曹武问道，“书房里放着一个花瓶？”

“是的，就放在书柜的旁边，是一个很大的花瓶呢，比我还要高。”

“比人还高的花瓶？很罕见呢！”阮文博说。

“嗯，”曹武点了点头，“那花瓶是老爷找人订制的。老爷对那花瓶可是爱不释手呢。现在花瓶碎掉了，实在是可惜呀。”

他说罢轻轻地叹了口气。

阮文博“哦”的一声，正想继续搜查，却听诸葛千诺说道：“这里没什么重要线索了，咱们走吧，到别的房间去看看。”

阮文博颔首：“也对，相对这些细微的线索，还是先找到季先生本人更为重要。”

于是众人在曹武的带领下，继续结伴而行，逐一检查破碎馆里的每个房间。果然跟诸葛千诺所推测的一样，所有房间无一幸免，房内的家具和饰品都呈破碎状态，整座破碎馆内部，体无完肤。

“那破坏者还真有耐心呀，把每一件家具和摆设都彻底破碎。”诸葛千诺微微感慨。

“反正那肯定是个吃饱饭没事干的闲人。”程东昊不屑道。

“也不一定是吃饱饭没事干，”阮文博抓了抓自己的头发，“破坏者煞费周章地把所有物品破碎，说不好是有什么不可告人的理由呢！”

“各位，我们还是先找到季先生再讨论这些吧。”

段乐彤怯生生地建议道。相比破碎馆内的物品被破坏这一匪夷所思之事，她更关心季尊天的安危。

“说起来，我们都已经找了十多个房间了，”程东昊有些不耐烦了，“还没找完吗？”

曹武微微地吸了口气：“现在就只剩下休息室了。”

“休息室？是季先生休息用的？”阮文博问道。

曹武点了点头：“季先生平时到破碎馆作画，有时候会连画数天，那时候，他晚上就会在休息室里睡觉。”

“休息室在哪呀？”程东昊追问。

“就在前面。”

“如果连休息室也找不到季先生，那怎么办呀？”朱心荷问。

“那我们就到其他三馆再找找看呗。”阮文博提议。

程东昊轻轻地“哼”了一声：“你有钥匙呀？”

“说不好接下来‘幽灵鬼’会把其他三馆的钥匙陆续给我们……咦？”

提起“幽灵鬼”，阮文博忽然想到一事，吸了口气，声音微颤地说：“视频里那‘幽灵鬼’之所以留下破碎馆的钥匙，是为了让我们到破碎馆来看‘春泪岛的惨剧’。所谓‘惨剧’是指什么？”

“是指破碎馆内的东西都被打碎了这件事吧？”朱心荷提出自己的见解。

诸葛千诺却摇了摇头：“应该不会这么简单吧。”

“如果破碎馆里真的有‘惨剧’，那么，这惨剧应该就在我们还没搜查过的休息室里了。”

阮文博这么一说，众人不约而同地望向前方。前方有一扇木门，此刻虚掩。

“那就是休息室了。”曹武说。

阮文博咽了口唾沫：“走吧！”

众人走近休息室，还没进去，却有一阵浓烈的腐烂味扑鼻而来。

朱心荷两手捂鼻，嚷道：“哎哟，好臭呀，什么味儿呀？”

程东昊也用手臂捂住鼻子和嘴巴，一脸厌恶地道：“像是腐肉的味道呀。”

“腐肉？”

走在最前面的阮文博听程东昊这样一说，有些犹豫了，吞了口口水，止步不前。

他虽然痴迷于推理漫画，经常幻想在现实中碰到漫画中的杀人情节，一展推理身手，但真的碰上奇怪的事情时，才知道自己的胆子其实并不大，不能像漫画中的侦探那样勇于追查真相。

倒是诸葛千诺这个女流之辈无所畏惧，微微地吸了口气，走前一步，推开了休息室的大门。

众人一看到房内此刻的情形，霎时间全都呆住了。

因为他们竟然看到一代油画大师季尊天的脑袋被放在地上！

第三章　破碎

1

不仅脑袋被割了下来，而且躯干和四肢也被砍成十多块，血肉模糊的尸块被摆放成一个圆形，把季尊天的头颅围在中央，情形极为诡异恐怖。

与此同时，尸块发出阵阵恶臭，实在令人窒息。

“哇！”

朱心荷首先反应过来，失声惨叫。

阮文博果然只会纸上谈兵，此时真的发生了杀人事件，他只吓得蹲下身子，两手抱着膝盖，缩成一团。

而段乐彤看到尸体后，脑袋一阵昏厥，差点晕了过去。

至于“神话律师”诸葛千诺和武馆教练曹武，虽然见惯了世面，却也被吓得不轻，前者脸色突变，身体微颤，后者一脸表情都凝固了。

六人之中，最冷静的却是程东昊。乍见季尊天那四分五裂的尸块时，他也吓了一跳，随即脸上交织着愕然、恐惧、悲伤、疑惑等表情。然而，数秒后，他便回过神来，脸色如常，还走前了几步，蹲下身子，细细地观察着季尊天的尸体。

“为、为什么会这样呀？”朱心荷打破沉默，颤声道，“是谁杀死了季先生呀？”

她的语气中也有些感伤，但更多的是害怕。

紧接着，曹武也回过神来，眼睛湿润，声音呜咽：“老爷……怎么会……老爷呀……”

段乐彤两手捂嘴，狠狠地抽泣着，泪如泉涌。她似乎对于季尊天的死伤心欲绝，但面对如此诡异恐怖的死状，却又不敢向前，脸上的表情在悲伤中夹杂着彷徨、恐惧和无助。

诸葛千诺定了定神，稍微思索了一下，说道：“我认为，杀死季先生的人，就是‘幽灵鬼’。”

“‘幽灵鬼’？”朱心荷打了个冷战。

“就是在视频中戴着幽灵鬼面具，通过视频把我们引到破碎馆来的那个人。”诸葛千诺补充道。

“那个人是谁呀？他（她）现在在哪儿？”朱心荷又问。

诸葛千诺舔了舔嘴唇：“这个人可能躲在主馆的某个地方，所以才能趁我们搜索主馆的时候，偷偷地把光盘放在大厅的茶几上。”

阮文博这时候也慢慢地冷静下来了，站起身子，补充道：“当然，这个杀人凶手‘幽灵鬼’也有可能就在我们六个人当中。”

“什……什么？”朱心荷大叫一声，以极快的速度向其他五人扫了一眼，一脸恐惧地说，“在……在我们当中？这……太可怕了吧？”

程东昊也有些害怕，不再查看季尊天的尸块了，站起身来，回到众人身边。他似乎觉得跟众人的距离越近，心中就越有安全感。虽然正如阮文博所说，“幽灵鬼”有可能在众人当中。但“幽灵鬼”只有一个人，在众人面前，绝不敢轻举妄动。只要没落单，基本上还是安全的。

“我们现在该怎么办呀？”

朱心荷哭丧着脸说。她已经彻底崩溃了。

程东昊虽然也怕，但不想暴露自己的心态，强迫自己冷静下来，压抑着心中的恐惧，淡淡地说：“打电话报警吧。”

他一边说，一边把手机从口袋里掏出来，正要拨打110，却发现手机没有信号。

“靠！没信号？”

他不死心，还是拨打了110，但果然没能接通。

“怎么连110也拨打不了呀？”程东昊有些焦急了。

“一般情况下，哪怕信号极低，但也能拨打110和120之类的紧急电话吧。”阮文博说道。

“就是呀！可恶！”程东昊猛地跺脚。

“这不奇怪，”曹武压抑住心底的悲伤，清了清喉咙，解释道，“春泪岛不是信号低，而是完全没有信号，因为，这附近是没有基站信号覆盖的。也就是说，在春泪岛上，是绝对没有可能打手机的。”

“啊？”程东昊轻声叫道，“不能打手机？那我们怎样通知别人驾船到岛上来接我们离开呀？”

自今天下午在码头相识以来，程东昊给大家的印象是沉稳而冷静的（除了阮文博宣布他是遗产的继承者的时候）。事实上，刚才在发现季尊天的尸体后，他也没有惊慌失措，还认真地查看尸体。但此时，当他知道无法联系外界时，终于稍微急躁起来。

“程先生，你也别太担心，”曹武轻轻地拍了拍程东昊的肩膀，“主馆里有卫星电话，我们可以通过卫星电话报警求助……”

“别碰我！”

程东昊使劲地甩开了曹武的手。

“啊？”曹武微微愣住了。

程东昊深深地吸了口气：“阮律师说得没错，杀死季尊天的‘幽灵鬼’，很有可能就在你们五个人当中！我可不想跟这个杀人魔有什么身体上的接触。”

曹武没有辩解。倒是段乐彤有些激动：“你……你胡说什么……曹管家怎么会是凶手……季先生死了……呜呜……你还在说这些乱七八糟的话儿……”

程东昊重重地“哼”了一声：“别装可怜呀小妞，你也有可能是凶手呢！”

“我……我怎么会……你……你……”

段乐彤不知道是因为生气还是悲伤，一口气转不过来，竟说不出话。

“程先生！”阮文博忍不住出来主持正义了，“你别激动，先冷静下来。虽然我刚才说‘幽灵鬼’有可能在我们六个人当中，但在没有找到证据前，请你不要随便诬蔑别人。”

“我呸！”程东昊态度恶劣，“你一个小律师，凭什么来教训我？说不好，你就是杀死季尊天的‘幽灵鬼’呢！”

“好了！”曹武动怒了，大声喝道，“适可而止吧！”

程东昊深知曹武的身手非同小可，此刻见他两手紧握拳头，知道他生气了，生怕他会对自己动手，不敢再作声了。

“大家先别吵了。”诸葛千诺也来打圆场了，“当务之急是报警请求援助。”

“那我们快回主馆打电话吧。”

阮文博说罢，转过身子，朝破碎馆大门的方向走去。其他五人也紧跟其后。就这样，众人暂时离开了令人惨不忍睹的休息室，走出破碎馆，朝主馆快步而去。

2

一波未平，一波又起。众人惊魂未定，跌跌撞撞地回到主馆，一踏入大门，却听到不远处传来“轰”的一声巨响。

走在最前面的阮文博大吃一惊，两腿发软，颤声问：“什、什么声音啊？”

“好像是爆炸的声音。”

紧跟在阮文博后面的诸葛千诺说道。

曹武皱了皱眉：“声音似乎是从机房那边传来的。”

“机房？”程东昊问道，“有什么用的？”

曹武还在为他刚才的无礼而生气，“哼”的一声，没有回答。

与此同时，阮文博说道：“先别讨论了！我们快去看看吧！”

“跟我来！”

曹武带着众人来到机房，打开房门，霎时间一股硫黄味迎面而来，十分刺鼻。

“什么气味呀？”朱心荷捂住鼻子。

“那是黑火药爆炸后产生的硫黄味。”

诸葛千诺回答朱心荷的同时，曹武已把房门全部推开，众人向里面一看，只见放在房内的一个大型的转换器被炸毁了，碎片撒满一地。

“这是什么呀？”

程东昊指着那被炸毁的转换器向曹武问道。

曹武尚未回答，已听阮文博说道：“这应该是卫星信号转换器，对吧，曹管家？”

曹武点了点头：“阮律师真是见多识广呀。”

阮文博笑了笑：“其实我以前读大学时，学的专业就是电子工程，所以对这方面的东西略懂一二。”

“那你后来怎么当律师了？”朱心荷好奇地问。

“因为毕业后找不到对口的工作，而且我爱玩《逆转裁判》这个系列的游戏，对法律比较感兴趣，所以又自修法律，最后就当上了一名小律师。”

诸葛千诺笑了笑：“因为爱玩推理游戏而去当律师，阮律师这种游戏人生的生活态度还真让人羡慕呀。”

“虽然是律师，但我平时只是代理一些民事诉讼和行政诉讼，很少接触到刑事案件，跟经常在刑事案件的庭审中叱咤风云的诸葛律师不可同日而语呀……”

“好了！”程东昊终于忍不住了，粗鲁地打断了阮文博和诸葛千诺的交谈，“别讨论这种无聊的话题好不好？”

他顿了顿，紧接着说道：“我只想知道，这个什么转换器是干什么用的！是不是没有了它，我们就不能打电话？”

曹武对程东昊的态度极为不满，白了他一眼，冷冷地说：“你说得对。我刚才已经说过了，春泪岛地处偏僻，附近没有基站信号覆盖，所以无法打手机，也不能使用无线上网。老爷为了方便跟外界联系，在岛上安装了全套卫星接收设备，用于打电话和连接有线网络。”

他说到这里稍微顿了顿，吸了口气，续道：“可是，现在这卫星信号转换器被炸毁了，我们就打不了电话了，也上不了网了……”

“切！又是‘幽灵鬼’干的好事？”程东昊大怒。

“我们还是试试打电话吧，”诸葛千诺提议，“或许转换器并未被完全破坏呢。”

众人觉得诸葛千诺说得有道理，一起回到主馆大厅。曹武抓起放在沙发旁边的卫星电话的话筒，果然如他所料，由于信号转换器被炸毁，电话根本使用不了。

“怎么样？”程东昊急不可待想要知道有没有奇迹发生。

情况危急，曹武也不再跟程东昊赌气了，摇了摇头，有些泄气地说：“用不了。”

“靠！”程东昊急躁起来，“还有什么方法能跟外界联系呀？”

曹武摇了摇头：“没有了。”

阮文博抓紧时机，深深地吸了口气，以极快的速度向在座众人扫了一眼，紧接着模仿推理漫画中的台词，用阴森森的语气，一字一顿地说：“也就是说，我们现在跟外界的联系已经被完全切断了，我们被困在这座有着对我们虎视眈眈的杀人魔所潜伏的孤岛上了。”

3

阮文博这森然恐怖的语气运用得恰到好处，众人都似乎被他的话给吓住了，一个个低头不语，惴惴不安。

片刻的沉默后，程东昊忽然说道：“对了，阮律师，季尊天既然已经死了，要不就由你来宣读他的遗产的分配方案，让我们把遗产分配好吧。”

季尊天已死，程东昊不再尊称他为“季先生”了，在说这句话的时候，语气中也没有丝毫悲伤，甚至，两眼不由自主地散发出贪婪的目光。

曹武、段乐彤、诸葛千诺和朱心荷这四个继承人似乎都觉得季尊天刚死就讨论他的遗产分配问题好像不太好，对于程东昊的提议，没人作声。

而阮文博则回答道：“程先生，不好意思呀，季先生只是口头上跟我说过他的遗产的继承者分别是曹武、段乐彤、诸葛千诺、程东昊和朱心荷这五个人，但没说具体的分配方案，所以要分配遗产，必须找到他的遗嘱。”

“那他的遗嘱在哪里呀？”程东昊问。

阮文博舔了舔嘴唇：“季先生生前跟我说过，他的遗嘱，放于他在主馆的卧房里的保险箱中。”

“那我们还不快去拿？”程东昊急不可待。

阮文博却还是摇了摇头：“据我所知呀，那是一个电子密码保险箱，而且保险箱有两组密码，必须先后输入那两组密码，才能打开保险箱。”

“季尊天也把密码告诉你了吧？”

程东昊的语气在期待中又夹杂着一些失望，大概他也猜到阮文博根本不知道密码。

没想到阮文博却说：“是的。”

“什么？”程东昊还以为自己听错了，叫出声来，“你是说，你真的知道保险箱的密码？靠！知道密码还那么多废话？你耍我呀？快去打开保险箱，把遗嘱取出来呀！”

阮文博轻轻地吁了口气，不慌不忙地说：“程先生，你冷静下来听我说，好吗？事实上，季先生此前只告诉了我第一组密码，而第二组密码，就只有他一个人知道。不知道第二组密码的话，我是无法打开那个保险箱的。”

他停了一下，紧接着又说：“我想季先生本来是打算在人家来到后，由他来亲自打开保险箱，取出遗嘱，再让我宣读。现在他被杀死了，第二组密码没人知道，我们也就无法打开这个保险箱了。”

程东昊“哼”了一声，转头向曹武问道：“曹管家，你的老爷应该有把第二组密码告诉过你吧？”

“没有。”

曹武爽快地回答，语气冷若冰霜。

“你跟他关系那么密切，他怎么可能没告诉你密码？你再好好想想。”

“没有就是没有。”

“喂！该不会是你明明知道密码，却不告诉我们吧？”

程东昊脸上流露出质疑的神情。

曹武冷笑：“随便你怎么想。”

程东昊咬了咬牙，不再理会他，转身又向段乐彤问道：“小彤，你呢？你知道第二组密码吗？”

段乐彤咽了口唾沫，轻轻摇头，低声道：“不……不知道呀……”

“靠！”程东昊大喝一声，“知道就说出来呀！”

段乐彤吃了一惊，声音有些颤抖：“真……真的不知道……”

诸葛千诺连忙来打圆场：“程先生，曹管家和小彤都是遗产的继承人之一，如果不能打开保险箱取到遗嘱，他们也分不到遗产。因此，他们是真的不知道第二组密码。”

曹武点头：“其实我对老爷的遗产兴趣不大。不过既然老爷希望把遗产赠予你们这些帮助过他的人，我一定竭尽所能帮老爷完成遗愿。所以，如果我真的知道密码，我一定会说出来。”

程东昊将信将疑，定了定神，一脸不服气地说：“即使没密码又怎样？区区一个保险箱，一定还有其他方法打开的，对吧？我们把它强行打开怎么样？”

“你想怎样强行打开呀？”阮文博问道。

“怎样都行！曹管家，去把什么锤子呀扳手呀都拿来！”

曹武向程东昊看了一眼：“程先生，这恐怕行不通呀。那个保险箱是老爷找国外的保险箱公司用特制的钢板来制造的，坚固得很，基本上是无法强行打开的。”

他说到这里，吸了口气，道出最终结论：“打开这个保险箱的唯一方法，就是输入密码了。”

“放屁！”程东昊忍不住骂道，“这老头真是没事找事干！”

他顿了顿，紧接着又问：“炸开它不行吗？”

曹武对于程东昊的无礼及对季尊天的辱骂极为反感，但还是强忍着怒气回答道：“你可以自己试试看！”

阮文博紧接着说道：“程先生呀，即使真的能炸开，但保险箱里的遗嘱也会因此而灰飞烟灭。”

“那到底要怎么办呀？”程东昊彻底失去耐性了，没好气地说，“阮律师，这样吧，别看什么遗嘱了，我们五个人把季尊天的遗产平分了就好了。”

阮文博摇头：“事情不是这么简单的。”

“又怎样呀？”程东昊态度恶劣。

阮文博清了清嗓子，解释道：“季先生的遗产分配方式属于遗赠，即他将他遗产的一部分或全部赠予法定继承人以外的被继承人，保险箱里的遗嘱是季先生的自书遗书，明确了遗赠的具体分配方案，具有法律效力。

“但如果我们没有得到这份遗嘱，那么遗赠就会失效。一旦遗赠失效，根据我国的《继承法》，季先生的遗产，将继承给第一顺序继承人……”

阮文博为了便于大家理解，一边说，一边从口袋里掏出他的那支橙黄色的毕加索钢笔以及一本记事本，翻开空白页，写道：“第一顺序继承人：配偶、子女、父母。”

曹武看了他写的内容，说道：“季先生的父母早就过世了，他也没有配偶和子女。”

阮文博点了点头，用钢笔把“第一顺序继承人”这几个字划掉，说道：“如果没有第一顺序继承人，那么他的遗产将由第二顺序继承人来继承。”

他说罢，又在纸上写道：“第二顺序继承人：兄弟姐妹、祖父母、外祖父母。”

曹武摇头：“还是没有。季先生没有任何亲人。”

“这样呀……”阮文博微微地吸了口气，把纸上的“第二顺序继承人”也划掉了。

“接下来呢？继承给第三顺序继承人？”朱心荷一脸好奇地问。

阮文博摇了摇头：“没有第三顺序继承人。也就是说，季先生没有任何法定继承人。”

程东昊吞了口口水，追问道：“那会怎样？既然没有法定继承人，那他的遗产应该由我们来继承吧？我们自己协商怎么分就可以，对吧？”

阮文博给程东昊浇了一盆冷水：“不是的，这样一来，季先生名下的所有财产，都成了无主财产……”

他说到这里，在纸上画了一个大圆圈，在圆的中央写上“国库”二字。

“什么意思？”程东昊还是不死心。

“还不明白吗？”诸葛千诺说道，“所谓无主财产，将收归国家所有。”

“你的意思是，我们一分钱也分不到？不！”程东昊嘶吼起来，“怎么可以这样？季尊天明明说把遗产分给我们，怎么能让国家没收？”

他说到这里，激动万分，无法自已，一把抢过了阮文博手中的记事本，把写着“国库”的那页撕了下来，“哧哧哧哧”的几声，撕了个粉碎。

阮文博被他这突如其来的举动给吓了一跳，身体颤抖，双手发软，连钢笔也掉落在地。

“程先生，你冷静一些。”诸葛千诺劝道。

“就是呀！”连朱心荷也有点儿不屑地说，“与其在这儿生闷气，不如想想办法打开那保险箱。”

“是的，”阮文博接着朱心荷的话说道，“只要能取到季先生的那封自书遗嘱，那么遗产就不会归国家所有了。”

程东昊稍微冷静下来：“嗯，那我们再想想办法。”

“各位，”诸葛千诺深深地吸了口气，一脸认真地道，“其实我认为，当务之急是把杀死季先生的凶手‘幽灵鬼’揪住。如果没逮住凶手，我们每个人都有危险。连生命安全都成问题，还谈什么分遗产呢？”

“诸葛律师说得有道理呀！”朱心荷深有同感，“分遗产的事情稍后再说吧，反正遗产和遗嘱又不会跑掉。唉，一想到杀死季先生的凶手或许就在附近监视着我们的一举一动，我的心就不寒而栗了。”

阮文博反正不能分到遗产，当然也赞成诸葛千诺的提议：“照我说呀，反正现在我们不能跟外界联系，也无法离岛，不如一起返回破碎馆，仔细搜查凶案现场的蛛丝马迹，看看能不能把杀人凶手‘幽灵鬼’给揪出来。”

曹武双眼微红：“是的！把杀死老爷的凶手揪出来，比什么分配遗产重要多了！”

程东昊见众人都没有心思分遗产了，只好暂时放弃：“那好吧。其实你们也说得对，找出凶手的确非常重要。说不好那‘幽灵鬼’在杀死季尊天前，曾经强迫季尊天说出保险箱密码呢。也就是说，只要找到‘幽灵鬼’，我们就能强迫他（她）说出保险箱的第二组密码了！”

阮文博苦笑：“说到底，你还是为了分遗产。不过这样也好，至少现在我们六个人的目标一致了——揪出‘幽灵鬼’！”

“回破碎馆去吧，”程东昊吸了口气，“对季尊天的尸体进行简单的尸检，或许对揪出‘幽灵鬼’有帮助。”

“尸检？”阮文博想起季尊天那些血肉模糊的尸块，情不自禁地打了个冷战，吞了口口水后颤声道，“谁会尸检呀？我可不会。哪怕我会，我也不干。”

程东昊笑了笑：“你忘了吗？我在开私家诊所之前，可是当法医的哟。尸检，正是我的强项之一！”

诸葛千诺轻轻一笑：“我还真忘了这里有一名大法医呢。难怪发现季先生的尸体时，你能这么冷静，甚至蹲下来查看。”

“当然，”程东昊有些洋洋自得，“尸体我解剖过不少，有什么好怕的？”

“不过呀，”他接着说，“由于缺少工具，所以尸检的结果无法太精确。”

“只要能知道大概的死亡时间就好了。”诸葛千诺说。

“那当然是可以的。”

程东昊话音刚落，阮文博便催促道：“那我们快回去吧！”

4

当下众人重返破碎馆，再次来到发现季尊天尸体的休息室前，竟然发现——

季尊天的头颅不见了！

零碎的尸块仍然围着一个圈，唯独圈中的头颅离奇地消失了。

众人骇然。

首先反应过来的是程东昊："靠！那老头的脑袋呢？这他妈太可怕了吧？"

曹武紧紧地咬着下唇："太过分了！老爷人都死了，尸体都被折磨得不成样子了，为什么还要拿走他的头颅？真他妈太过分了！"

朱心荷也咽了口唾沫，紧紧地抓住刚好站在她身旁的阮文博的手臂，颤声道："为、为什么会这样呀？谁把季先生的脑袋拿走了？"

阮文博早已吓得双脚发软："我……我也不知道呀……太……太灵异了……"

"这不灵异呀！"诸葛千诺说，"拿走脑袋的，自然就是杀死季先生的凶手，即视频中戴着面具的'幽灵鬼'。他（她）一直潜伏在附近，在我们刚才离开破碎馆后，他（她）就偷偷把脑袋拿走了。"

她说到这里，舔了舔嘴唇，接着分析道："这样看来，阮律师刚才的推断有误，杀人凶手'幽灵鬼'并不在我们六个人当中，因为，刚才离开破碎馆后，我们六个人一直都是一起行动的，谁也没有时间带走季先生的头颅。"

"那就好。"朱心荷微微地松了口气，"这么说，只要我们六个人待在一起，就是安全的了，毕竟'幽灵鬼'只有一个人，不是我们的对手。"

"程先生，"诸葛千诺指了指地上的尸块，"麻烦你检查一下吧。"

程东昊使劲地咽了口唾沫，硬着头皮，走上前去。

其实程东昊之前当法医的时候，也碰到过碎尸案，要把一堆腐烂得骨肉难分的东西拼起来，因为已有经验，所以在乍见季尊天那支离破碎的尸体时，他比其他人要冷静得多。可是此时，季尊天的头颅离奇失踪，杀人魔的踪影若隐若现，令人窒息的恐怖氛围环绕四周，这却让他心中大感恐惧。

接下来，众人屏住呼吸，安静地等候程东昊检查地上的尸块。

程东昊还是比较专业的，不一会就投入到尸检之中，逐渐忘却了心中的恐惧。

数分钟后，他才慢腾腾地站起来，扭动了一下脖子，深深地吸了口气。

“怎么样？老爷是什么时候被害的？”

曹武迫不及待知道季尊天的情况。

程东昊回到众人跟前，清了清嗓子，说道：“季尊天的尸块已经出现了腐败血管网和腐败水气泡，以现在的季节和气温来看，我推断他被杀的时间至少是四十个小时前，大概是四十五到四十六个小时吧。”

诸葛千诺看了看手表，稍微沉吟，说道：“现在是8月6日晚上八点零六分，也就是说，季先生被杀的时间，是8月4日晚上十点到十一点之间？”

程东昊微微皱了皱眉，又思索了好几秒，才说：“由于只是初步尸检，无法得出精确的推论，我只能说，季尊天的死亡时间，一定在前天晚上的八点到十二点之间。”

“前天晚上呀？”朱心荷说道，“当时我和你，还有阮律师和诸葛律师，我们四个人还没上岛，所以凶手不会是我们。”

程东昊点了点头：“你说得很对。”

他说罢，故意向曹武和段乐彤看了一眼，目光之中似有深意。

曹武明白他的意思，微微地皱着眉，淡淡地说：“虽然案发时间是前天晚上，但凶手也不一定是居住在岛上的人。不是吗？岛外的人要偷偷上岛，也是轻而易举的事吧。”

他顿了顿，向程东昊发动反击：“我打个比方呀：譬如程先生你前天晚上乘坐快艇之类的东西悄悄上岛，杀死了老爷，随后又悄悄离岛，直到今天再跟大家一起再次上岛，这也不是不可能的事吧。”

“我跟你说，”程东昊勃然大怒，指着曹武的面门，愤愤地道，“没证据你别诬蔑好人！我随时告你诽谤！”

曹武冷笑：“我只是提出一种可能性。你此前说我跟小彤是凶手，难道就不是诽谤吗？”

程东昊重重地“哼”了一声：“你们的确有可能是凶手呀，因为前天晚上你们就在岛上。而我呢，前天晚上我一整晚都待在我的诊所里，诊所里的医生和护士都可以为我作证，我有完美的不在场证明，懂不懂？”

“是吗？”曹武舔了舔嘴唇，“可是老爷被杀的时间是前天晚上，这只是你自己说的，谁知道实情是不是这样？”

“老头！”程东昊气得七窍生烟，狠狠地咬着牙，“我警告你，别惹怒我，否则我跟你没完没了。”

曹武丝毫不惧：“我倒想看看你怎样跟我没完没了。”

诸葛千诺见众人开始相互猜忌，连忙说道：“等一下！大家忘了吗？我们六个人都不可能带走季先生的头颅，‘幽灵鬼’并不在我们之中。”

曹武一听，猛然记起这事，“哦”的一声，不再跟程东昊争吵了。

而程东昊虽然仍在恶狠狠地瞪着曹武，却也不再说话了。

“我可不是这样认为。”

久未发言的阮文博忽然冒出一句。

“什么？”

诸葛千诺望向阮文博，一脸好奇。

阮文博清了清嗓子，发表自己的见解：“是的，‘幽灵鬼’不在我们六人之中的可能性比较大，但却不能完全排除‘“幽灵鬼”在我们六人当中’这种可能性。难道不是吗？如果刚才把季先生的脑袋带走的人，和杀死季先生的人不是同一个人，那么杀人凶手‘幽灵鬼’还是有可能在我们当中的。”

痴迷于推理漫画的他，似乎觉得凶手在众人之中的情况更为刺激。

诸葛千诺没有回答他，轻轻拨了一下额前的发尖，向曹武问道：“曹管家，岛上除了季先生、小彤和你三个人，还有其他人居住吗？”

“没有了。”曹武摇了摇头，望向段乐彤，“对吧？”

段乐彤轻轻地“嗯”了一声：“应该是没有了。那些到岛上造访的客人，都是当天离开的，很少在岛上过夜。”

“也就是说，在我们上岛之前，春泪岛上的确只有你们三个人，对吗？”诸葛千诺又问。

“可以这样说。”曹武吸了口气，话锋一转，“当然，正如我刚才所说，要神不知鬼不觉地登上春泪岛，并不是什么困难的事。”

“唉，好复杂呀！”朱心荷长长地叹了口气，“杀死季先生的‘幽灵鬼’到底在哪里呀？我们什么时候才能离开呀？”

迷雾重重，人心惶惶，死亡的气息紧紧地笼罩着春泪岛。

第四章　推理

1

众人暂时离开休息室，来到破碎馆的大厅。

“现在我们该怎么办？”朱心荷似乎有些心力交瘁了，“我想回家呀。”

她说罢，忽然心中一阵委屈，鼻尖一酸，低声呜咽起来：“为什么会发生这种事呀？那‘幽灵鬼’会不会连我们也不放过？我不想死……呜呜……我要回家……”

诸葛千诺也轻轻地吁了口气：“我们先回主馆吧。”

众人准备离开大厅步向大门之时，阮文博向大厅里那些四分五裂、七零八落的家具和摆设又看了一眼，忽然脑中灵光一闪，叫道：“等一下！”

大家被吓了一跳，同时停住脚步。程东昊嗔道：“怪叫什么呀？”

“各位，”阮文博吞了口口水，郑重其事地说，“我想我们该先弄清楚一个问题。”

“又怎样呀？”程东昊没好气地说。

诸葛千诺则一脸好奇地问：“是什么问题？”

阮文博压低了声音，煞有介事地说：“那就是，‘幽灵鬼’为什么要把季先生分尸？”

“这么简单的问题你还要问？”

程东昊瞥了阮文博一眼，语气不屑，神情轻蔑。

“你知道？那你说说看。”

“因为这里是破碎馆呀！你没看到这里的家具和摆设全被打碎了吗？‘幽灵鬼’把家具打碎，还把季尊天分尸，都是为了配合破碎馆的主题吧。”

这回轮到阮文博有些不屑了，摇了摇头道：“你想得太简单了。”

程东昊瞪了他一眼：“你装什么逼呀！有屁快放！”

对于程东昊的粗言秽语，阮文博并没有计较。只见他轻轻地咳嗽了两声，滔滔不绝地分析起来：“肢解尸体可是体力活呀，在肢解的过程中，除了要承受无限的恐惧，还要担心会不会留下什么重要线索。至于敲碎破碎馆的全部家具和摆设，也需要耗费大量时间。我认为，那‘幽灵鬼’不会因为无聊，因为想要配合破碎馆的主题，就大费周章地把尸体肢解，再把家具全部敲碎吧？

“所以，实际情况应该是‘幽灵鬼’有某种不得不肢解季先生的尸体的理由，为了掩人耳目，他（她）事后又把家具敲碎，以此迷惑我们。”

诸葛千诺点了点头：“你说得还挺有道理的。不是为了配合‘破碎’的主题而去敲碎家具和肢解尸体，而是为了掩饰肢解尸体的理由，在分尸后再去敲碎全屋的家具和摆设。”

“那这个不得不肢解尸体的理由到底是什么？”

此刻朱心荷的情绪稍微稳定下来了，一脸疑惑地向阮文博问道。

“一般情况下，凶手把死者分尸，是为了隐藏死者的身份……啊？”阮文博忽然尖叫一声，自己打断了自己的话。

“靠！你别再怪叫行不行？”

阮文博并没有理会程东昊的大骂声，深深地吸了口气，神情严肃地道：“难道这些尸块并不属于季先生的？”

“不属于季先生？”朱心荷秀眉一皱，“什么意思呀？”

阮文博没有回答，喃喃自语：“凶手为什么要这样做呢？咦？啊！我知道了！”

他突然又大叫起来。众人或多或少都被吓了一跳，但对此已见怪不怪了。

“你知道了什么呀？”程东昊没好气地说。

阮文博深深地吸了口气：“我知道‘幽灵鬼’是谁了！”

此言一出，众人骇然失色。

“是谁？”曹武急问。

阮文博以极快的速度向众人扫了一眼，见大家都目不转睛地盯着自己，才清了清喉咙，一字一字地说：“就、是、季、尊、天、本、人！”

大家愕然。

“你说什么？”首先回过神来的是程东昊，“你的意思是季尊天是自杀的？”

阮文博还没来得及回答，程东昊紧接着讥讽道：“你还真异想天开呀！你倒试一试，看看能不能把自己的脑袋割下来。”

“我不是这个意思。”阮文博轻轻地摇了摇头，“我的意思是，季先生并没有死。”

霎时间曹武激动起来：“什么？老爷还没死？”

段乐彤也又惊又喜：“这……这是真的吗？可是……我们明明看到……”

阮文博或许是站得累了，稍微扭动了一下脖子，伸展了一下四肢，才慢悠悠地展开了推理：“我的推论是：季先生杀死了一个人，把这个人的四肢和躯干砍碎，还把这个人的脑袋藏起来。然后，他把这个人的尸块放在休息室的地上，摆成一个圈。要注意的是，圈中央的地板下方应该有暗层，可以躲人。最后，季先生躲到暗层里，只把脑袋伸出来，让我们以为他被杀了，连脑袋也被割下。”

他说到这里，顿了顿，没等众人消化他的话，紧接着又说：“季先生知道我们发现他的‘尸体’后，一定会回到主馆打电话报警——好像只有主馆才有电话吧，而他就趁这段时间迅速离开。这样一来，当我们重返破碎馆，看到季先生的脑袋消失后，就会认为‘被杀且被分尸的季尊天脑袋也被带走了’。事实上，季先生根本还没死。”

阮文博的推理可谓骇人听闻，但细想之下，却也不是没有道理。

“季先生为什么要这样做呀？”朱心荷不解。

阮文博想了想：“我想他接下来还要杀人吧。他让我们以为他已经死了，对他毫无戒心，而他现在就潜伏在我们附近，准备寻找下一个杀害的目标。”

“为什么要杀我们呀？”朱心荷惊惧交织，“不是他把我们叫来继承遗产的吗？”

“这个我暂时还不清楚，”阮文博摇头，“关于动机，线索还不足够。”

“这……”

朱心荷还想问些什么，却被曹武的声音打断了：“老爷还在……太好了……老爷……”

他对季尊天忠心耿耿，听阮文博说季尊天应该没死，喜形于色。他可不管季尊天有没杀过人，只要季尊天还活着就好。

“阮律师呀阮律师，”程东昊冷不防冒出一句，“你的推理可真不堪一击呀。”

“什么不堪一击呀？”阮文博有些不服气，“难道你有什么高见？”

程东昊有些得意地说：“你忘记了吗？我可是专业的法医哦，见识过不少杀人案，跟你这些空有理论的‘大侦探’是不同的哟！”

阮文博皱眉不语。

“到底又怎么啦？”一波三折的情况让朱心荷的脑子转不过来了，只见她眉毛紧锁，有些不耐烦地问，“程东昊，你什么意思呀？快说清楚呀！”

程东昊笑了笑，自信满满地道：“虽然现在季尊天的脑袋不见了，但在刚才发现他的尸体时，我已经仔细观察过他的头部。我以法医的身份告诉你们，那颗脑袋绝对是已经被割了下来的，是不存活的。”

“这样呀……”阮文博有些泄气。

“我们还是回休息室看看吧。”诸葛千诺说道。

朱心荷想到休息室里那如身处地狱一般的恐怖情景，咽了口唾沫，声音微颤：“还……还要回去看什么呀？”

“看看尸块中央的地面是否有暗层。”

阮文博两眼一亮：“对！回去看看吧！”

对于自己的推论，他还心存侥幸。“或许是程东昊判断错误呢。”他心想。

于是众人又回到休息室的大门前。

“进去确认一下呗。”

程东昊右手一摊，向阮文博做出一个“请”的姿势。

阮文博却哪里敢进去？使劲地摇了摇头：“我……我心脏不好，不能太接近尸体……”

程东昊哈哈一笑：“不敢接近尸体的‘大侦探’？哈哈！阮律师，你还真逗呀！”

“让我去看看吧！”

曹武说罢，吸了口气，一步一步地走进休息室，跨过地面上的尸块，走到圆圈中央，蹲下身子，敲了敲地板。

“怎么样？”

远远站在门外的阮文博急于知道自己的推理是否正确。

曹武回过头来：“这里不像有什么暗层或机关呀。”

他回答的同时，脸上再次流露出悲伤的神情，那自然是因为阮文博关于“季尊天仍然活着”的推断被全盘推翻，季尊天终究难逃一劫的缘故。

“真的没暗层呀？”阮文博也叹了口气，低声自语，“这么说，季先生真的被杀了……”

虽然推论错误，但这并没有打击阮文博寻找真相的积极性，他接下来又喃喃地说道：“那‘幽灵鬼’为什么要把季先生分尸呢？一般来说，分尸的目的是隐藏死者的身份，也就是说，现在放在大家面前的这些尸块，真的不属于季先生也说不定。可是凶手到底为什么要这么做呢？”

“阮律师，”程东昊冷笑一声，再次打击阮文博，“真不好意思耶，你的这个推断也不成立。”

“啥？”

“在季尊天的脑袋被带走前，我已经查看过他脖子上的伤口，我可以肯定地告诉你，他的伤口跟现在地上的某些尸块的切割口高度吻合。”

程东昊顿了顿，肯定地说：“也就是说，地上这些尸块，的确是属于季尊天本人的。”

“这……”

推论再次被推翻，这一回阮文博有些失望了。

程东昊嘿嘿一笑：“还不懂吗？根本就没有什么尸体调换的事情存在，季尊天只是脑袋被带走了而已。阮律师呀，别再异想天开了，大侦探不是人人都能当的。”

阮文博被程东昊讽刺，脸颊微热，有些尴尬。但对追寻真相的执着，却使他不依不饶。只见他定了定神，又紧锁两眉，分析起来：“被肢解的确是季先生本人呀……真奇怪呀！这样的话，‘幽灵鬼’煞费周章地把季先生分尸，而且还把破碎馆内的家具和饰品都打碎，到底是为什么？”

他狠狠地敲了敲自己的脑袋：“想不通呀！想不通呀！”

“阮律师，其实嘛，你想那么多干吗呀？”朱心荷忍不住说道，“反正有一点可以肯定，那就是杀死季先生并且把他的脑袋带走的‘幽灵鬼’此刻就在附近，说不准正躲在暗处监视着我们。”

她说罢，不由自主地环顾四周，只觉得“幽灵鬼”的确正在监视着自己，不禁打了个冷战，颤抖着声音道：“我想，我们还是快点想办法离开春泪岛吧。”

“离开春泪岛？”程东昊向朱心荷瞪了一眼，“遗产还没分呢！”

“还分什么遗产啊？保命要紧啊！留得青山在，不愁没柴烧。我们先离开这儿，过后再找个地方讨论遗产的事吧。”

朱心荷说罢，吸了口气，续道：“反正我们都是继承者，遗产是跑不掉的。我们先离岛报警，让警察来封锁春泪岛，地毯式搜索，把‘幽灵鬼’给揪出来。过后我们再回来想办法打开保险箱，拿到遗嘱分遗产。”

对于朱心荷的提议，程东昊不置可否。

朱心荷转头向阮文博问道：“阮律师，把我们送过来的那艘游艇，什么时候来接我们回去呀？”

“啊？那是单程的。”阮文博的语气有些无奈，“我不是跟你们说过吗？季先生曾说在遗产分配的事情处理完毕后，会通知他的私人游轮接大家回去。可是现在……唉！”

“是的，”曹武接着阮文博的话说道，“我们有长期合作的渡轮公司，平时我们三个人需要离岛的话，会打电话通知渡轮公司派快艇或游轮过来接我们——那些都是老爷的私家船只。不过呀，现在电话打不了，我们无法联系渡轮公司，所以暂时无法离岛。”

“真他妈麻烦！”程东昊一脸晦气地说。

无法离岛，对于“幽灵鬼”的身份也没有头绪，众人面面相觑，关于下一步行动一时之间陷入了僵局。

“各位，”良久没有发言的诸葛千诺打破沉默，“我看我们还是先回主馆再从长计议吧。”

“是的，”曹武接着说，“现在已经是晚上八点多了，想必大家也饿了，咱们先回主馆吃饭吧。”

“好！回主馆吧！”程东昊大声说，“我要亲自到季尊天的卧房走一遭，看看有没有办法打开那个保险箱，先把他的遗嘱取出来再说。”

2

一行六人再次回到主馆的时候，已经是晚上八点半了。

“各位，请在大厅休息片刻，我到厨房去为大家准备晚饭。”曹武说道。

“麻烦你了，曹管家。”

阮文博搓了搓肚子说道。

“需要帮忙吗？”诸葛千诺问道。

曹武摇了摇头：“不用了，我一个人就能搞定。”

“快点呀！肚子好饿！”

程东昊说罢，一屁股坐在沙发上，跷起二郎腿。

曹武瞪了他一眼，忍着不发作，咬了咬牙，转身离开。

“曹管家。”

段乐彤叫住了他。

“嗯？”曹武回过头来，“怎么啦，小彤？”

段乐彤快步走到曹武跟前，在他耳边悄声说了几句话。曹武点了点头。

曹武离开大厅后，程东昊忽然从沙发上一跃而起，兴致勃勃地道：

“走！我们到季尊天的卧房看看。以我的聪明才智，一定能打开那个保险箱。”

“真的要去吗？这……不太好吧？”阮文博有些踌躇。

“人都死了，有什么关系？”程东昊理直气壮地说，“如果我们不按季尊天的遗嘱办事，他老人家会死不瞑目的。”

“可是……”阮文博还是有些犹豫。

“你烦不烦呀？别再叽叽歪歪了！段乐彤！快给我们带路吧！”

程东昊越来越急躁了，跟今天下午和大家在码头初次碰面时那个热情友善、颇具绅士风度的他判若两人。

“我……我想去问问曹管家……”段乐彤怯生生地说。

“不用问啦！我说去就去！你快带路就是了！”程东昊的声音越来越大。

“这……”段乐彤有些害怕，犹豫了好一会，才一脸无奈地说，“好吧，请跟我来。”

于是，程东昊、阮文博、诸葛千诺和朱心荷四人，在段乐彤的带引下，来到了季尊天在主馆的卧房。

“保险箱在哪呀？”

程东昊一进房就四处张望。

段乐彤指了指大床旁边的墙壁：“就在那里。”

众人一看，原来那个放着遗嘱的电子保险箱是深深地镶嵌在墙壁里的，想要整个带走极为困难。

“看来这保险箱只能在这里打开呀。”诸葛千诺说。

程东昊皱了皱眉，催促道：“阮律师，你不是说季尊天把这保险箱的第一组密码告诉了你吗？第一组密码是什么？告诉我们！”

阮文博是目前世界上唯一知道这保险箱第一组密码的人。在“幽灵鬼”还没被揪出来、季尊天之死还没真相大白之前，他可不想把这组密码公之于世。

“我们还不知道第二组密码，即使我把第一组密码说出来，我们也无法打开保险箱呀。”

他如此推搪。

“这个你别管！反正你把第一组密码说出来就是了！”程东昊不怀好意。

“到了适当的时候，我会告诉大家的。”

“靠！”程东昊又动怒了，“你以为你是谁呀？你只是一名小律师！而我们呢，可是季尊天指定的遗产继承者！你凭什么隐瞒我们保险箱的密码？”

生性随和、脾气极好的阮文博，此刻也忍受不住程东昊的蛮横无理了。

“程先生！”他大声说，“季先生因为信任我，才把密码告诉我，我可不能辜负他的信任。哪怕你是季先生遗产的继承者，我也没有义务告诉你保险箱的密码！再说，你是否继承者之一，现在也是未知之数。说不好，季先生在立下遗嘱的时候，临时改变主意，把你的名字给划掉了呢？”

他的反击干净利落，众人都在心中暗叫了一声“好”。

程东昊气得脸色大变：“你他妈胡说什么？我可是季尊天那老头的救命恩人哪！没有我，他早就挂掉了！他怎么会把我的名字从继承者名单中划掉？靠你妈！”

阮文博性格懦弱，被程东昊如此一喝，霎时间泄气了，不敢再逞强，而且他是个老好人，此时定下神来，也觉得自己刚才有些过分，轻轻地叹了口气，说道：“程先生，我们别再吵了，好不好？你放心，只要找到第二组密码，我一定会亲手打开这保险箱，取出遗嘱，完成季先生的遗愿。”

程东昊见阮文博语气放软，也不再跟他争吵了，只是重重地“哼”了一声，接着转头向段乐彤问道：“喂！你知不知道那老头把第二组密码藏在什么地方呀？”

“我也不知道。”段乐彤摇了摇头，“不过……”

“不过什么？”

程东昊紧张得抓住了段乐彤的肩膀。

段乐彤微微一惊，怯生生地说：“季先生从前年开始，健忘的症状越来越严重。或许他怕自己记不住密码，真的把密码写了下来，藏在某个地方也说不定。”

“把密码藏起来？会藏在哪里呢？”程东昊环顾四周，“藏在自己的卧房里的可能性最大呀！”

朱心荷点了点头：“如果我有什么重要的物品要藏起来，我也会藏在自己的卧房里，再怎么说，每晚要跟那重要物品共处一室，才能睡得踏实呀。”

“那我们快找找看呀！”

没等众人答话，程东昊已开始对季尊天的卧房翻箱倒柜起来。

其余四人对望了一眼。段乐彤嘴唇微张，欲言又止，似乎想要阻止，却又不敢。

阮文博叹了口气：“大家帮忙找找吧。虽然季先生遇害了，但我还是有义务帮他处理遗嘱分配的事情。”

“不过，”他接着补充道，“请大家尽量不要弄乱季先生的遗物。”

于是，众人小心翼翼地（除了程东昊）对季尊天的卧房进行地毯式的搜索。

找了一会，阮文博在床头柜的抽屉里找到一个厚厚的信封。

“密码会不会藏在信封里呢？”

他一边想，一边把信封拿出来，打开一看，只见里面放着四五十张照片，所拍摄的全部是一些家具和饰品。

当时段乐彤刚好站在阮文博身边，无意中看到阮文博手上的照片，说道：“咦？这些都是四馆里的家具和饰品吧。”

“都是四馆里的？”阮文博问。

“好像是。你看这张，”段乐彤拿起一张拍下了一个巨型陶瓷花瓶的照片，“这个大花瓶，就是曹管家刚才所说的那个本来放在破碎馆的书房里、现在已经被打碎了的花瓶。”

阮文博细看段乐彤所指的照片，果然看到花瓶的旁边便是书柜，看样子的确是破碎馆那书房内的书柜。

“这大花瓶的图案还真奇怪呀。”

阮文博说罢，接着又翻看其他照片，忽然看到其中一张所拍的是平时在服装店看到的人偶模特。

“小彤，这个人偶模特也在四馆的其中一馆？”

“是的，”段乐彤颔首，“这应该是错位馆里的人偶模特。”

“是在错位馆的？”

“嗯。错位馆里摆放着一百多个这样的人偶模特呢。季先生的好一些人物画，就是对着这些人偶模特所画的。”

“原来是这样。”

“一百多个人偶？”朱心荷打了个冷战，“它们密密麻麻地站在一起，这样的情景还真有点可怕呀。”

她话音刚落，只听卧房外面传来管家曹武的声音：“大家是在里面吗？吃饭啦！”

“我们先去吃饭吧。”

阮文博说罢，把手上的照片全部放回信封，并且把信封放到自己的口袋里。

3

众人离开季尊天的卧房，随曹武来到饭厅。

刚踏入饭厅，程东昊便皱了皱眉，问道：“什么味儿？”

他这样一说，朱心荷使劲地嗅了两下，果然嗅到一些难闻的气味，喉咙一痒，右手紧捂胸口，差点呕吐起来。

诸葛千诺微微地嗅了嗅：“这应该是中草药的味道吧？”

“是的，是中草药。”曹武淡淡地说，“不好意思，我在厨房里煎药。”

朱心荷捂着鼻子问道：“曹管家，你煎药干吗呀？你不舒服？”

“是我啦，”曹武尚未回答，段乐彤抢先说道，“是我刚才拜托曹管家帮我煎药的。”

原来刚才曹武离开大厅前，段乐彤走到他身旁悄悄说了几句话，就是拜托他煎药。

“你不舒服吗？”诸葛千诺问道。

“咳咳，”段乐彤咳嗽了两声，“好像有点风寒感冒吧……咳咳……”

“感冒就吃西药呀。中药的味道多难闻呀。”

程东昊也用手臂捂住了鼻子。

段乐彤微微一笑：“可是呀，曹管家开的药单，可有效了，可谓药到病除哦。”

“哦？”朱心荷向曹武问道，“你开的药单？那不是在药房买的现成的感冒茶吗？”

“不是的，”曹武解释道，“药单是我开的，而煎药用的中药材，大部分是我在岛上种植的。譬如我现在煎的这剂医治风寒感冒的药，其中荆芥、防风、天花粉、独活、川芎等七八味药材，都是我在岛上种下的，只有桔梗、柴胡、麻黄等少数几味药材，我是在岛外的药店所买的。”

众人听他说得头头是道，心中佩服。

“原来曹管家你懂中医呀？”朱心荷娇声娇气地说，“好厉害嘛。”

曹武笑了笑：“我的妻子生前体弱多病，我经常为她找一位老中医开药，正所谓久病成医，到了后来，在那老中医的指点下，我也对中医的知识略懂一二。”

他说到这里，顿了顿，接着又说：“好了，大家先吃饭吧。”

曹武不仅懂中医，烹饪的技术也不赖，他做的饭菜，色香味俱全。可惜在季尊天被杀的阴影的笼罩下，大家没有心情细细品味，都只是囫囵吞枣地填饱了肚子。

就在大家差不多要吃饱的时候，朱心荷不知怎的，忽然呕吐起来，把刚吃下去的饭菜全都吐出来了。

“你、你怎么啦？没事吧？”

坐在朱心荷旁边的段乐彤一脸关切地问道。

朱心荷脸色苍白，摆了摆手，没有说话。

“我去给你倒杯热水吧。”

段乐彤说罢，匆匆走进厨房。

“喂，心荷，”程东昊笑道，“你这样会让曹管家误会，让他以为他所做的饭菜很难吃耶！”

朱心荷缓过了一口气，摇了摇头："饭菜很可口，是我自己不舒服。"

"你怎么了？要不要我帮你看看？"曹武问道。

"没事儿，"朱心荷勉强地笑了笑，"大概是下午坐船到这儿来的时候，被海风吹着了吧。"

这时候段乐彤已回到饭厅，把热水递给朱心荷："喝口热水吧。"

"谢谢。"

朱心荷接过水杯，喝了一小口。

"好点了吗？"阮文博问。

"感觉好多了。"

朱心荷轻轻一笑，脸色逐渐恢复红润。

段乐彤把朱心荷的呕吐物清理掉了。大家继续用餐。

4

吃过晚饭，众人就在饭厅里闲聊。

"唉，不知道明天会不会有船来接我们回去呢。"朱心荷归心似箭。

"小彤，"诸葛千诺说，"那些画廊的人呀，还有拍卖公司的人呀，不是会经常到岛上来跟你联系业务的吗？"

"对哟！"朱心荷两眼一亮，"我们乘坐他们的船，不就可以回去了吗？"

段乐彤却摇了摇头："他们上岛之前，一般都会先打电话联系我。现在岛上的电话不通，他们联系不到我，应该不会贸然上岛吧。"

"这样呀……"

朱心荷一脸失望，长叹了一口气。

“他们偶尔也会直接到岛上来吧？”阮文博问道。

“偶尔吧，”段乐彤想了想，“一年里大概有四五个人是直接到岛上来拜访季先生的。”

“一年里才四五个人？那可要等到什么时候呀？”朱心荷唉声叹气，“不会要等上几个月才能离开吧？”

众人正在交谈，程东昊忽然没好气地说道：“喂！曹管家，你的药到底煎好了没有？那味道真的好难闻呀！”

朱心荷也有同感：“嗯，刚才吃饭的时候，我就是因为闻到那股中药味儿，胸口发闷，才突然呕吐起来。”

“真不好意思。”曹武致歉道，“不过这药还要一段时间才能煎好。”

段乐彤也连忙跟着道歉：“都是我不好。”

“小彤，没事，我觉得这中药味儿还挺香的呀，哈哈。”阮文博如是安慰。

“那你慢慢闻吧！”

程东昊说罢站起身来，准备离席。

“你去哪呀？”诸葛千诺问。

“回房去！怎么？想干预我的自由？”

诸葛千诺淡淡一笑，化解了程东昊的敌意：“我只是想提醒大家，今晚睡觉的时候，记得把房门上锁，免得‘幽灵鬼’乘虚而入。”

“那是当然的！”朱心荷说，“晚上谁也别到我的房间找我，我绝不会开门。有什么事明天再说！”

诸葛千诺点了点头：“嗯，明天我们再商量向外界求救的事吧。”

“没事了吧？那我回房了呀！”

程东昊说罢，伸了个懒腰，慢条斯理地走出了饭厅。

他离开饭厅没多久，段乐彤也站了起来：“各位，我有些不舒服，先失陪了。曹管家，收拾碗筷的事就拜托你了。”

“没事，你不舒服就早点回房休息吧。”

“对了，煎药的事，也麻烦你了。”

“嗯，”曹武点了点头，“药煎好后，我送到你房间去吧。”

“啊？不用！”段乐彤摆了摆手，语气有些紧张，“你把药放在厨房就好了，我待会自己出来拿。”

“那好吧。”

段乐彤告别众人后，阮文博也说：“时间不早了，我也先回房间休息了。”

“我跟你一起走吧。”

诸葛千诺说罢，望向朱心荷：“心荷，你也和我们一起回房去吗？”

“我……”朱心荷犹豫了几秒，“我待会再走，你们先回去吧。”

“嗯，”诸葛千诺点了点头，“晚上如果有什么事，就到我的房间找我吧。”

“我知道了。”

阮文博和诸葛千诺离开饭厅后，饭厅里就只剩下曹武和朱心荷两个人了。曹武开始收拾碗筷。朱心荷站起身来：“曹管家，我来帮你吧。”

“朱小姐，由我来收拾就好了，你是客人，早点回房休息吧。”

“嗯。”朱心荷转过身子，走了两步，又回过头来，叫了一声，“曹管家。”

曹武“咦”的一声，抬起头：“怎么啦？”

朱心荷犹豫了一下，深深地吸了口气，像是下定决心似的，一字一顿地说道：“有件事，我想拜托你。”

第五章　倒置

1

凌晨三点整。

主馆的大厅忽然传来连绵不绝的鞭炮声。

原来不知道在什么时候，主馆大厅那玻璃茶几上被放了一串鞭炮和一台笔记本电脑。鞭炮围绕着茶几的四道边儿，笔记本电脑则放在茶几中央。

此刻，鞭炮突然被点燃了，一个接一个地爆响，震耳欲聋。

鞭炮响起的一分多钟后，程东昊闻声赶来。那串鞭炮看上去至少有一千响，以至于程东昊来到大厅的茶几前方时，它还在响个不停。

“怎么回事呀？”

程东昊望着眼前这些噼里啪啦的鞭炮，一脸疑惑。

又过了数十秒，那串鞭炮终于爆完了，刹那之间，大厅恢复寂静。

程东昊咽了口唾沫，呆立原地，有些不知所措。

就在这时，白光一闪，大厅天花板的吊灯打开了。

程东昊吓了一跳，回头一看，原来是管家曹武来了。把吊灯打开的人就是他。

“咦，程先生？”曹武看到程东昊在大厅，也微微一怔，“你怎么会在这儿？刚才的响声是怎么回事？”

“我也想知道！”程东昊吸了口气，“我也是刚来到大厅。”

“哦？”

曹武皱了皱眉，微微吸了口气，转过身子，一步一步地向茶几走去。程东昊稍微踌躇了一下，紧跟在曹武的身后。

两人来到茶几前方，只见茶几上及茶几四周的地面都散落着大量的爆竹残渣，残渣中若隐若现地夹杂着一些灰色的粉末，看样子像是蚊香燃烧后留下的残灰。最引人注目的是茶几中央的那台笔记本电脑，显示屏上贴着一张A4纸，纸上打印着“打开我”三个大字。

“看来放鞭炮把我们引来这儿的人，他（她）的目的就是让我们发现这台笔记本电脑。”

程东昊在曹武背后喃喃地分析道。

“这个人是谁呢？”

曹武微微地转过头来，看着程东昊，眉头紧皱。

“会不会是……”程东昊也向曹武看了一眼，吞了口口水，一字一顿地说，“杀死季尊天的‘幽灵鬼’？”

“‘幽灵鬼’？”曹武咬了咬牙，“又是‘幽灵鬼’？他（她）到底想怎样呀？”

“打开这台电脑看看不就知道了吗？”

程东昊一边说，一边向茶几中央的笔记本电脑瞥了一眼。

曹武点了点头，上前一步，“哧”的一声，把贴在显示屏上的A4纸给撕了下来，随后沉吟了一下，转头向程东昊求助：“我不会用电脑，你帮忙开下机吧。”

“开机？”程东昊心中思忖，“这笔记本可是‘幽灵鬼’放在这儿的，说不准会有什么杀人的机关，还是小心为妙。”

他想到这里，走到曹武身旁，指了指那笔记本电脑的电源键：“你按这个键就可以了。”

他说完，以极快的速度后退了两步，静观其变。

曹武倒没有想到那么多，根据程东昊的指示，按下了电源键。笔记本电脑打开了，程东昊想象中的杀人机关并没有出现——至少没有立即出现。

进入操作系统后，只见电脑桌面上就只有一个文件——被命名为“《春泪岛的惨剧》第二幕”的视频文件。

“现在要怎么操作？”曹武又问。

“你把鼠标移动到那个文件上，双击鼠标左键就可以了。”

程东昊还是不敢接近笔记本电脑。

“鼠标？好像没有呀。”

“哦？那你把手指放到触控板上，把光标移动到那个文件上，再双击触控板。”

曹武可真一头雾水了：“要不你来操作吧？”

当此情形，程东昊也只好勉为其难了，硬着头皮上前一步，打开了那个视频文件。

霎时间，在“《春泪岛的惨剧》第一幕”那张光盘中出现过的“幽灵鬼”，再次出现于电脑的显示屏中。

“果然是他！”曹武叫道。

程东昊轻轻地“嗯”了一声，没有答话，目不转睛地盯着画面中的“幽灵鬼”。

只见他（她）也紧紧地盯着镜头，用那经过变声器处理的尖锐声音说道：“各位观众，对于《春泪岛的惨剧》的第一幕，是否满意？接下来的第二幕，会更加精彩！”

他（她）说到这里，微微地顿了顿，续道：“这一次，惨剧在主馆南面的倒置馆上演，此刻，我已经在倒置馆等候你们。”

“幽灵鬼”说到这里，伸出左手的拇指，向他（她）左边的方向轻轻地指了一下，最后说道：“不信的话，你们现在就可以看看你们右边的窗户，我正在望着你们呢！”

他（她）说完这句话，视频便结束了。

程东昊和曹武同时“咦”的一声，不约而同地微转脑袋，跟着视频中的“幽灵鬼”所指的方向，望向他们右边的窗户。

倒置馆位于主馆的正南方，距主馆只有几十米。程东昊和曹武现在所望的，是位于主馆大厅南面的窗户。由于距离不远，通过这扇窗户，他们可以看到倒置馆北面那五个房间的窗口。

然而这一望之下，可真让程曹两人大大地吃了一惊。

2

他们首先看到倒置馆北面那五个房间中，就只有中间的那扇窗户里面亮着灯，再定睛一看，那亮灯的房间里，竟有一个长发女子被倒吊在天花板上！

那女子两手下垂，凌乱的头发刚好触碰到地板。她的身上穿着一件白色的T恤，那T恤被下拉了一点，衣领部位刚好遮挡住她的容貌。这让程曹两人没能看到这个被倒吊的长发女子的面容，而只能隐约看到她的额头和头发，以及那光溜溜的双手。

被倒吊女子所穿的那件T恤上印着一个印第安女性的头像，图案是倒置的，如果是在正常情况下看，那头像头顶上那鹰羽冠上的鹰羽，便似一根一根地插在地上。但此刻T恤的主人被倒吊，所以那本来倒置的印第安女性头像反而倒过来了。程东昊和曹武只见这个印第安女性双眼发光，嘴角带着诡异的笑容，令人不寒而栗。

最为恐怖的还不是这个被倒吊的长发女子及其T恤上的诡异图案，而是在倒吊女子旁边，还站着一个人，那人身穿黑色长袍，头上戴着一个能把头发、面容及脖子都全部遮盖住的白面幽灵鬼面具。

这个造型，就跟两次在《春泪岛的惨剧》的视频中出现的“幽灵鬼”一样!

这个人就是“幽灵鬼”?

季尊天就是他（她）杀死的?

“那……那个人是……是怎么回事呀?”

程东昊吓得连声音也颤抖了。

曹武虽然也感到心中惊惧，但却强迫自己冷静下来：“程先生，快用手机把这个场面拍下来，稍后让其他人看。”

“对!”

程东昊立即掏出自己的手机，打开视频模式，使劲地按下录影键。然而刚按下去不到一秒，那房间的灯却突然关闭了，窗前黑乎乎一团，致使程曹两人再也无法看到房间里的情形。

“靠!怎么关灯了?”程东昊大骂。

“有拍到吗?”曹武问。

“应该有吧。”

程东昊一边说一边打开刚才拍下的视频，虽然只有一秒，但幸好还是拍到了那被倒吊的女子及站在她旁边的“幽灵鬼”。

“再晚一秒就拍不到了，幸好我反应快，技术好，哈哈。”程东昊沾沾自喜。

“让我看看。”

曹武完全无视他的自我欣赏。

程东昊再次打开那段视频，并且及时按下暂停键，把画面定格。

曹武指了指画面中的“幽灵鬼”，神情有些激动：“这个戴着面具的人，就是杀死老爷的凶手?”

“你问我，我问谁呀？”

此时此刻，程东昊的脑子也一片混乱。

曹武咬牙切齿：“我一定要亲手扯下这杂种的面具！”

程东昊定了定神，指了指画面中的女子：“你说这个被倒吊起来的女人又是谁呀？”

“新的受害者？”

“我看像，应该是死了的。”

“会是谁呀？”曹武的语气有些不安。

“长头发的？像是那个大学生朱心荷呀！”

程东昊的态度倒十分冷漠，似乎无论死的是谁，都跟他没有关系。

曹武也微微冷静下来了，深深地吸了口气：“我们快过去倒置馆看看！”

“过去？”程东昊似乎听到了一个天大的笑话，“你是瞎了还是傻了？”

“啥？”曹武皱眉。

“你没看到那个杀人不眨眼的‘幽灵鬼’在那边吗？我们过去送死呀？”

“救人要紧呀！”

曹武一脸正气，声如洪钟。

“救什么人呀？你自己都会说那是受害者了，是已经死掉了的，救不了的啦。我们早些过去和晚些过去，是没有区别的。”

程东昊大讲道理。但曹武却不以为然：“所谓受害者，只是我们的猜测，或者她还没断气呢？”

没等程东昊答话，他紧接着又说：“再说，哪怕那女子真的救不了，但我们也得去把这个杀人凶手逮住！”

“逮住？那可是冷血残忍的杀人魔呀！谁敢碰他（她）呀？”

当此关键时刻，程东昊贪生怕死的本性展露无遗。

“怕个鸟呀？我们有两个人，他（她）只有一个人，以二对一，他（她）绝不是我们的对手！”

曹武摩拳擦掌，热血沸腾。

“什么以二对一呀？”程东昊连忙说，“我是斯文人，不打架的，别把我算上。”

曹武重重地“哼”了一声，一脸不屑地说：“我一个人就能对付那‘幽灵鬼’，用不着你帮忙。”

曾经是武馆教练的他，的确足以单挑一般人。

“好啦，老头，”程东昊冷对曹武的不屑，反讽道，“有勇无谋是不行的。你也不仔细想想，‘幽灵鬼’主动叫我们过去，哪里会有被你逮住的道理？他（她）绝对是在倒置馆里设置了什么机关陷阱！我们去了，只有死路一条！”

曹武红着眼睛嘶吼：“那又怎样？难道要我眼睁睁地放走杀死老爷的凶手？我办不到！”

“那你自己去呗。”程东昊置身事外，“我可不会陪你疯。”

曹武不再理会程东昊，转过身子，正要朝主馆的大门走去，却忽听身后一人说道：“喂，你们在干吗呀？刚才是不是有人在放鞭炮呀？”

3

程东昊和曹武回头一看，原来是朱心荷来到大厅。

“朱心荷？”程东昊微微一怔，随后说道，“原来受害者不是你呀？”

“什、什么受害者呀？”

朱心荷一听到“受害者”三字，语气在疑惑中带有一丝恐惧。

程东昊还没回答，又听身后一人说道："发生了什么事呀？"

众人回头一看，原来诸葛千诺也来到了大厅。

"哦？受害者也不是你呀？"

程东昊向诸葛千诺看了一眼，嘿嘿一笑。

"你到底在胡说八道什么嘛？"

朱心荷有些不耐烦了。

诸葛千诺也秀眉一蹙，问道："'受害者'是什么意思？"

"'受害者'嘛，就是'已经受害的人'啰……"

曹武见程东昊在卖关子，忍不住抢着说道："那'幽灵鬼'出现了！他（她）还捉走了一个长头发的女人，把她倒吊起来。"

"什么？"

诸葛千诺和朱心荷都大吃一惊。

诸葛千诺紧接着问道："他（她）在哪？那女人又在哪？"

曹武吸了口气，把他和程东昊刚才听到鞭炮声来到大厅、发现茶几上的笔记本电脑、根据电脑中的那视频的提示而望向倒置馆、目睹倒置馆其中一个房间中的倒吊女子和"幽灵鬼"等事，粗略告知诸葛千诺和朱心荷。

诸葛千诺听完曹武的叙述后，沉吟了一下，转头望向程东昊："能不能让我看看你拍到的画面？"

"做好心理准备哟，别被吓着了。"

程东昊嘴角一扬，轻蔑地笑了笑，才把刚才用手机拍下的视频打开，并把手机递给诸葛千诺。诸葛千诺接过手机，朱心荷也马上把脑袋凑过来观看。虽然拍得不太清楚，而且时间只有一秒，但按下暂停键后，还是能隐隐约约地看到那房间中的倒吊女子及"幽灵鬼"。

"真的是个长发女子呀。"诸葛千诺喃喃自语，"现在岛上就只有心荷、小彤和我三个女生吧，心荷和我都在这里，难道这被倒吊起来的受害者是……”

她还没说完，曹武大叫一声：“是小彤！”

诸葛千诺点了点头，神情严肃：“可能性很高。”

对于曹武来说，季尊天和段乐彤都像他的亲人一般，彼此感情深厚。季尊天已经惨死，现在段乐彤也可能出事了，他的心中既伤痛又愤怒：“这‘幽灵鬼’真他妈可恶！我现在就过去把他（她）揪住！”

“我们一起过去看看吧，”诸葛千诺说，“人多比较安全。”

“这……不会很危险吗？”

朱心荷一脸担忧地说。

“不会的，”诸葛千诺轻轻一笑，安慰她道，“曹管家以前是武馆的教练，加上我们三个，‘幽灵鬼’绝不是我们的对手。”

“诸葛千诺说得对，”程东昊心中思忖，“有四个人的话，的确不用怕那‘幽灵鬼’了。再说，如果他们三个都到倒置馆去了，把我一个人留在主馆，我反而更加危险。还是跟大伙待在一起比较安全。”

想到这里，他的心中打定主意，大声道：“我们快到倒置馆去吧！决不能让那‘幽灵鬼’给逃掉了！”

“等……等一下呀……”朱心荷忽然想到一个问题，“曹管家，你不是说过除主馆外，其他四馆都上锁的吗？那我们怎样进入倒置馆呀？”

“对呀！”程东昊紧接着说，“而且这次‘幽灵鬼’并没有留下什么钥匙……”

“这……我也……”曹武有些手足无措。

“不，”诸葛千诺稍微打断了曹武的话，“既然曹管家和程先生刚才看到‘幽灵鬼’就在倒置馆的房间里，说明‘幽灵鬼’早就把倒置馆的大门打开了，要不他（她）怎么进去呢？”

“有道理呀！”程东昊点了点头。

“好了！”曹武担心段乐彤的安危，向众人催促，“我们先别讨论了！不管那边情况怎样，我们先过去再说吧！”

4

一行四人快步走出主馆，在曹武的带领下，只用了数十秒的时间，便来到倒置馆的大门前方。

果然如诸葛千诺所料的那样，大门上的挂锁被取下了。大门不仅没有上锁，还大大地敞开。

“真的没上锁呀，这么说，”朱心荷咽了口唾沫，“那‘幽灵鬼’真的在里面啰？”

“大家要小心，那可是一个残忍的杀人魔。”

诸葛千诺向众人提醒。

“快走吧！”曹武急不可待。

于是众人随曹武走进倒置馆。跟破碎馆一样，进入倒置馆后，首先也必须经过一道长廊，而且，长廊两侧的墙壁上，也挂满了油画。

这些油画的主题有如布偶、玩具、家具、建筑之类的静物，也有猿猴、熊猫、北极熊、人类之类的动物。

放眼望去，只需要浏览三幅以上的油画，便能得知这里的油画都有一个共同点——倒置。

所有油画中的静物都被倒放，而动物则均呈倒立状态。

静物倒着放还好，但那些倒立的动物们，特别是熊猫、北极熊等一些在现实中根本难以倒立的动物，看到它们两脚朝天、双掌支撑着地面的怪异模样，实在有些不伦不类。

然而这些油画虽然天马行空，却又画得极为逼真，画中的静物惟妙惟肖，动物栩栩如生，就像随时会从油画中走出来一般。如此杰作，可谓现实和浪漫的完美结合了。

只是当此情形，众人却哪里有心思欣赏？

“喂，管家，”程东昊定了定神，问道，“刚才‘幽灵鬼’和倒吊女子所在的那个房间在哪？”

曹武皱眉想了想：“那应该是倒置馆北面那排房间吧。”

“那里有五个房间吧？”

诸葛千诺问道。她所以知道，是因为刚才看过程东昊所拍的视频片段。

“是的呀！”曹武点了点头。

“出事的应该是中间那个房间。”诸葛千诺接着说。

曹武吸了口气：“好！快跟我来！”

倒置馆的长廊比破碎馆的长廊要短很多，众人聊到这里的时候，已经走出长廊，来到倒置馆的大厅。霎时间，出现在众人眼前的是一幕怪异绝伦的情景——

大厅里的所有家具和饰品均被倒放。

虽被“倒置”，但却错落有致，丝毫没让人感到一丝凌乱。

“曹管家，倒置馆里的东西本来不是这样的吧？”

诸葛千诺首先反应过来。

“啊？”曹武也回过神来，微微地喘着气说，“当、当然不是！有人把倒置馆里的东西全倒过来了。”

“又是那‘幽灵鬼’干的好事吧！”程东昊咬牙道，“先把破碎馆里的东西‘破碎’，现在又把倒置馆里的东西‘倒置’。可恶！这样故弄玄虚有啥意思呀？”

诸葛千诺秀眉一蹙，喃喃地分析道：“先把破碎馆的东西‘破碎’，把尸体肢解；现在又把倒置馆的东西‘倒置’，把受害者倒吊。每一个步骤都不能漏，这‘幽灵鬼’还真执着呀。”

“好了，”她吸了口气，紧接着说，“曹管家，快带我们去出事的房间。”

“这边！”

众人继续前进。路行之中，只见倒置馆里不光是大厅，其他地方的家具和饰品也没能逃过被“倒置”的命运。

不一会，曹武把众人带到一个房间前。

“就是这里了！”曹武说道。

这就是刚才程东昊和曹武目睹“幽灵鬼”及倒吊女子的房间。

此刻房门虚掩。

曹武深深地吸了口气，轻轻地把门推开。

“幽灵鬼”就在门后？

众人屏住呼吸。

房门打开了，只见房内黑乎乎一片。

众人更加紧张了，紧紧地盯着门口。

这个房间的灯具可用安装在墙上的开关控制，也可用一个遥控器来控制。

然而此时于忙乱之中，曹武根本想不起控制灯具开关的遥控器放在哪里，于是他“啪”的一声，按下了大门旁边的开关。霎时间，众人眼前一亮。

房内几乎什么也没有。

没有戴着面具的“幽灵鬼”，也没有被倒吊的女子。

“咦，人呢？”程东昊一脸难以置信表情，“刚才明明还在的呀！”

“逃跑了吧。”曹武推测道。

“他（她）不仅逃跑了，而且还把刚才那被倒吊的女子带走了。”诸葛千诺说。

“哼！动作还真快呀。”

虽然没找着“幽灵鬼”让程东昊感到有些失望，但与此同时，他的心里也松了口气。

曹武走进房间，东张西望：“真的逃跑了！”

程东昊本来想提醒他小心房间里设置了杀人的机关，话到唇边，想想还是算了。

这时候，诸葛千诺和朱心荷也步入房间，四处查看。

程东昊怕跟众人距离太远会有危险，也走到门前，但终究不敢进去。

“你们看！”朱心荷忽然叫道，“地上有血迹！”

她所指的是窗边的地面。众人一看，那里果然有一摊鲜血，血腥味扑鼻而来，令人胃部抽搐。

曹武和诸葛千诺立即围了上去。程东昊见众人进去这么久都安然无恙，也小心翼翼地走进了房间。

“这是谁的血呀？”曹武不安地问。

“这好像就是刚才那长发女子被倒吊的位置呀。”程东昊推测道，“难道她头部受伤了，被倒吊的时候，血滴到地面？”

“那她现在在哪呀？”

曹武认定了被倒吊的人是段乐彤，关心则乱，脑袋一片空白。

“刚才诸葛律师不是说过了吗？被‘幽灵鬼’带走了呗。”

相对之下，程东昊语气冷漠，似乎对段乐彤的死活毫不关心。

“他（她）抱着一个人，应该走不远，我们找找附近的房间吧！”曹武提议道。

“等一下。”诸葛千诺蹲下身子，指了指地板上的灰尘，“这个房间应该很久没有打扫了，地上布满了灰尘。可是，你们看看，从窗边到房门，有一些位置是没有灰尘的。”

她吸了口气，紧接着说道：“这是在地上拖动重物所留下的痕迹。”

“拖动重物？”

朱心荷并不明白诸葛千诺是什么意思。

诸葛千诺微微地舔了舔嘴唇，续道：“而且，这些灰尘被抹走了的位置上，隐隐约约有些血迹，这些血迹，一直延伸到房门外……”

“我懂啦！”程东昊恍然大悟，“‘幽灵鬼’刚才把这房间的灯关闭后，马上把那个被倒吊的长发女子放下来，拖着她的双手或双脚，离开了房间。正因为如此，所以地上的灰尘才会被抹去。而且，由于那女子头部受伤，所以她被拖动过的地方，留下了血迹。”

“是的。”诸葛千诺对于程东昊的推理表示赞同。

“那又怎样呀？”曹武只关心能否救下段乐彤。

“我们可以跟着地上的血迹和拖动痕迹，寻找小彤的下落——如果那真的是小彤的话。”

诸葛千诺的语气有些哀伤，似乎早已认定段乐彤凶多吉少。

“那快行动吧！”只有曹武一人仍然心存希望。

接下来，众人循着地上的血迹及重物被拖动的痕迹，一路寻找。走了一阵，血迹越来越淡，来到倒置馆大厅的时候，已几乎消失。然而由于倒置馆内大部分地方的地板都满布灰尘，所以拖动痕迹倒一直都比较清晰。

过了一会，众人回到倒置馆的大门，跟着痕迹走出了倒置馆。倒置馆外满地枯叶，因此重物被拖动的痕迹并没有因为离开倒置馆而消失。再向前走了一阵，到达沙地，受害者被拖动的痕迹及“幽灵鬼”留下的脚印就更加明显了。

最后，众人跟着痕迹来到位于春泪岛最南面的海滩，远远望去，果然看到一个长发女子躺在海边。

5

曹武箭步跑过去，蹲下身子，拨开那女子的长发，定睛一看，由不得失声大叫。

“小彤！”

众人围过来一看，那横躺在海边的长发女子，真的是段乐彤。

此刻的她，双目圆睁，面容扭曲，颜面青紫肿胀，舌头微伸，一张脸死气沉沉，不用细看，已能确认她已经死亡！

众人再认真查看，只见她的脖子上有一道明显的勒沟，而甲状腺的位置则有严重的淤血。

她所穿着的正是程东昊和曹武刚才透过主馆的窗户所看到的那件印着倒置的印第安女性头像的T恤，她的手腕上所戴的那块白色手表的表面已经被打碎了，看样子应该是被“幽灵鬼”拖动的时候弄碎的。

“为什么呀？”曹武嘶吼，“为什么连小彤也不放过呀？”

众人见他如此愤怒，便如疯狂的狮子一般，均不敢作声。

紧接着，却听曹武低声呜咽起来：“为什么呀……为什么……”

跟他同住于春泪岛、朝夕相处的季尊天和段乐彤于短短数天内先后被害，他一下子失去了两位如亲人般重要的人，实在难以压抑心中的愤怒和悲伤。

“程先生，麻烦你看看。”

诸葛千诺生怕刺激到曹武，在程东昊耳边悄声说道，与此同时，伸手指了指段乐彤的尸体。

程东昊明白诸葛千诺的意思，点了点头，走前一步，微微弯腰，半蹲着身体，简单地查看了一下段乐彤的尸体。

“诸葛律师，我们到底该怎么办呀？”朱心荷一脸彷徨，“这‘幽灵鬼’太恐怖了，他（她）是不是要把岛上的所有人杀光才肯罢休呀？”

“我也不知道，”诸葛千诺也有些惘然，“但我们必须尽快把他（她）揪出来，否则杀戮不会停止。”

“把他（她）逮住以后，我要亲手杀死他（她）！”

曹武红着眼睛，咬牙切齿。

这时候，程东昊已初步观察过段乐彤的尸体了，只见他站直了身子，微微地扭动了一下脖子，有条不紊地分析道：“她的脖子上有勒沟，而且有擦拭造成的表皮脱落，勒沟相应部位的皮下组织、肌肉、甲状腺等软组织都有不同程度的出血，颜面青紫肿胀严重，眼结膜下出血点大而多，我推断她是被粗绳勒死的。

“此外，她的后脑部位有表皮剥脱和皮肤出血，形状为条形，根据损伤的宽度，推测应该是由棍棒之类的钝器造成。由于伤口有大量出血，且创口附近因组织收缩而形成创口哆开和创缘卷缩，所以这个伤口应该是生前伤。我的推测是，凶手先用木棍重击段乐彤的后脑，在她迷迷糊糊之际，再用粗绳把她勒毙。”

“人渣！”

曹武深恶痛疾，愤怒得连嘴唇也咬破了。

“能推断出死亡时间吗？”诸葛千诺问道。

程东昊轻轻地“嗯”了一声：“尸斑还处于坠积期，多为小块状和条纹状，所以死亡时间不超过两个小时。”

他说到这里看了看手表："现在是凌晨三点十七分，根据我的推断，段乐彤是在凌晨一点三十分到两点那段时间被杀的。"

"凌晨一点三十分到两点？那段时间大家都在睡觉吧？"

朱心荷一边说，一边有意无意地向程东昊、曹武和诸葛千诺三人扫了一眼。

"倒置馆那房间地上的血迹，应该就是小彤被'幽灵鬼'用棍棒袭击时留下的。这么说，第一凶案现场应该便是倒置馆里的那个房间了。可是，"诸葛千诺微微地吸了口气，"'幽灵鬼'是怎样把小彤带到倒置馆的？"

"难道'幽灵鬼'把小彤强行掳走，带到倒置馆？"朱心荷说出自己的想法。

诸葛千诺摇了摇头："我在饭厅的时候明明提醒过大家，晚上睡觉时要把房门上锁呀。再说，季先生离奇被杀，大家人心惶惶，在这种情况下，哪怕我没有出言提醒，小彤也不会不锁房门吧？"

"把房门上锁了也没用呀。"程东昊忽然冷笑一声，"如果是一个她所信任的人来敲门，她还是会开门吧？"

他说罢，向曹武瞥了一眼，嘿嘿一笑，似有所指。

诸葛千诺和朱心荷马上明白了程东昊的意思，不由自主地望向曹武。诸葛千诺的目光还是比较坚定的，但朱心荷在听了程东昊的话以后，此刻望着曹武的眼神已有些怀疑。

在发现季尊天的尸体后，程东昊也曾在没有证据的情况下冤枉曹武是凶手，其时曹武忍无可忍，两手握拳，大喝"适可而止"。然而此刻，段乐彤也惨遭杀害，曹武伤心欲绝，根本没有精力去反驳程东昊的诬蔑。

众人都沉默了，压抑的氛围环绕在众人四周。

就在这时候，却忽听身后一个男子大声说道："喂，发生了什么事呀？"

大家微微一怔，回头一看，原来是阮文博来到了海滩。

第六章　秘洞

1

在程东昊和曹武看到“幽灵鬼”和被倒吊的段乐彤后，众人惊慌失措，奔波于主馆、倒置馆和海滩，发现段乐彤的尸体后，又六神无主，直到此刻还难以接受段乐彤被杀的事实。一连串变故突如其来，让众人还真忘却了阮文博的存在。此刻乍见他出现，众人讶然之余，才终于想起岛上还有他这么一个人。

“阮律师，你怎么到现在才来呀？”朱心荷问。

阮文博似乎是跑过来的，来到众人跟前的时候，早已上气不接下气了，只见他背脊弯曲，一手按着大腿，一手叉着腰，喘着气道：“我……我刚才被一阵类似于鞭炮声之类的声音吵醒……咳咳……迷迷糊糊地起了床，跑到大厅一看，只见主馆的大门打开了。我跑出大门，向前走了一段路，忽然听到有人大叫‘小彤’，于是我便跟着声音来到这里。”

“是吗？”程东昊的表情将信将疑。

阮文博定了定神，缓了一口气，问道：“到底发生了什么事呀？”

“又有人被杀了。”

诸葛千诺说罢指了指躺在海滩上的段乐彤的尸体。

“什么？”

阮文博大吃一惊，失声大叫之余，不由自主地朝诸葛千诺所指的方向望去，乍见地上的女尸，倒抽了一口凉气，声音颤抖：“那……那是……”

他说着，目光以飞快的速度在每个人的脸上转了一圈。

“诸葛律师、曹管家、程先生、心荷……”

他喃喃自语，说到这里，突然“啊”的一声，叫道：“是小彤？”

“是的。”

朱心荷叹了一口长气，一脸难过。

“为什么会这样呀？”阮文博两手抱头，脸上的表情又是苦恼又是惊慌，“为什么还有人被杀呀？又是‘幽灵鬼’干的好事？他（她）到底为什么要杀人呀？”

“阮律师，冷静一些。”诸葛千诺提醒道，“现在这种情况，我们千万不能慌，我们一旦自乱阵脚，‘幽灵鬼’就会更加肆无忌惮地展开杀戮。”

“你说得对。”

阮文博深深地吸了口气，定了定神，稍微思索了一下，问道：“对了，你们怎么知道小彤的尸体在这里？又是‘幽灵鬼’通过视频告诉你们的？”

“这次的情况有些不同。程先生，要不你把当时的情况跟阮律师说一下吧？”

程东昊瞥了诸葛千诺一下，接着又白了阮文博一眼，没好气地道：“有啥好说的呀？他知道不知道有什么区别？”

“把详情告诉我呗，说不准我能从中找到一些关键的线索，从而揭破‘幽灵鬼’的身份。”

阮文博虽然这样说，但语调却有些底气不足。

程东昊“哼”地冷笑一声，一脸不以为然。

“阮律师，是这样的……”

曹武压抑着心中的悲痛，把他跟程东昊发现主馆大厅的笔记本电脑、目睹身处倒置馆的“幽灵鬼”和被倒吊的女子、众人赶到倒置馆发现“幽灵鬼”和倒吊女子消失了、随后又在海滩发现段乐彤的尸体等事，粗略地告知阮文博。

阮文博听得张大了嘴巴。

“刚……刚才竟然发生了这么多事？”

他迅速地吸了口气，脑袋转向程东昊：“程先生，让我看看你拍的那段视频。”

“真麻烦呀你。”

程东昊极不耐烦地说。虽然如此，但他还是把自己的手机丢给了阮文博。

阮文博打开程东昊刚才所拍的那段只有一秒的视频，按下暂停键，细细观察起来。

“各位，”诸葛千诺舔了舔嘴唇，有条不紊地说道，“现在我们基本可以肯定，杀死小彤和杀死季先生的凶手是同一个人——‘幽灵鬼’。这个‘幽灵鬼’是一个冷静而凶残的杀人魔，他（她）有完整的杀人计划。”

她说到这里顿了顿，接着又道：“我所想不通的是，他（她）为什么要先把季先生的尸体肢解、并且把破碎馆内的东西全部打碎，现在又把小彤的尸体倒吊、并且把倒置馆内的东西全部倒放？他（她）煞费周章地做这些事，一定有什么深层的含义……”

“因为他（她）是心理变态！”

朱心荷打断了诸葛千诺的分析。

“哼！”程东昊冷冷地说，“与其去想这些无聊的问题，不如想想到底这个杀人不眨眼的‘幽灵鬼’是谁！”

“你的意思是，‘幽灵鬼’真的是我们所认识的？”

朱心荷战战兢兢地问。

“阮律师不是说过吗？‘幽灵鬼’很有可能就在我们这几个人当中。”

程东昊的话把朱心荷吓住了。

“这……这是真的吗？”

朱心荷咽了唾沫，一边胆战心惊地望着众人，一边不由自主地后退了两步，双脚微颤，如履薄冰。

“假设‘幽灵鬼’真的在我们五个人当中，只要利用排除法，就能把他（她）给揪出来了。”

程东昊嘿嘿一笑，接着说：“首先，我跟曹管家绝对不可能是‘幽灵鬼’！”

“凭什么绝对不可能呀？”

朱心荷不服气地问。

“你白痴呀？稍微用脑子想想就知道呀！”程东昊不耐烦地说，“刚才是我跟曹管家在主馆看到身处倒置馆的‘幽灵鬼’的，我还拍下了视频，既然我们跟‘幽灵鬼’同时出现了，我们还怎么可能是‘幽灵鬼’？”

“程先生说得有道理，他跟曹管家的确都不可能是‘幽灵鬼’。”诸葛千诺说。

“哼！”

朱心荷不服，却又无从反驳，只好向程东昊瞪了一眼。

程东昊没有理会，嘴角一扬，笑道：“也就是说，范围缩窄了，‘幽灵鬼’就在你们三个人当中。”

他所指的“三个人”，自然就是没有跟“幽灵鬼”同时出现过的诸葛千诺、阮文博和朱心荷。

“我……我可没有杀人！”

朱心荷有些气急败坏。

而阮文博还在死死地盯着程东昊的手机屏幕，看着程东昊所拍到的“幽灵鬼”和被倒吊的段乐彤的画面，全神贯注地思考，似乎没有听到众人的讨论。

“程先生，”相对朱心荷的急躁，诸葛千诺倒是镇静自若，不慌不忙地说，“其实呀，根据你和曹管家的叙述，我跟心荷也不可能是‘幽灵鬼’。”

“这又是为什么呀？”这回轮到程东昊不服气了，“你们又没跟‘幽灵鬼’同时出现过。”

诸葛千诺向程东昊笑了笑，不急不躁：“你和曹管家看到倒置馆里的‘幽灵鬼’和被倒吊的小彤的尸体的几分钟后，心荷跟我就先后来到大厅。接下来，在发现小彤的尸体前，我们四个人都是一起行动的，对吧？”

“那又怎样？”

“你想想‘幽灵鬼’那边，他（她）在关闭房间的灯后，还要把小彤的尸体从倒置馆拖到海边。如果我或心荷是‘幽灵鬼’，你认为我们有可能在几分钟内把尸体从倒置馆拖到海边，随后再回到主馆，出现在你们面前吗？”

程东昊不置可否。

曹武则点了点头：“的确不可能。”

诸葛千诺接着推断：“我认为呀，从时间上来说，那‘幽灵鬼’刚把小彤的尸体拖到这儿，我们就来到了，所以，他（她）应该是在我们到达海滩前不久匆匆离开的。”

“就是说，诸葛律师、曹管家、程东昊，还有我，我们四个都不可能是‘幽灵鬼’啦……”

朱心荷说到这里，声音戛然而止，与此同时，脸上露出恍然大悟的表情。

“咦？难道……”

程东昊、曹武和诸葛千诺三人显然也在同一时间想到相同的事情。

紧接着，四人不约而同地向还在研究着程东昊那手机的阮文博望去。

2

万籁俱寂。

阮文博听众人突然不说话了，觉得有些不对劲，皱了皱眉，抬起头来，竟然发现四人都在紧紧地盯着自己，由不得“咦”了一声，声音微颤：“怎、怎么啦？”

“到了现在，装糊涂已经没用了。”程东昊冷笑一声，“阮文博，你就是杀死季尊天和小彤的‘幽灵鬼’！”

“啊？”阮文博吓了一跳，结结巴巴地说，“你……你说我是……凶手？我……我没有杀……没有……”

程东昊重重地“哼”了一声，朗声道：“在小彤被杀的时候，我们四个人都有不在场证明！凶手除了你，还有谁？”

“我……真的不是我……”

面对程东昊的质问和其他人的怀疑目光，阮文博不知所措。

“对……对啦！”他忽然想到为自己澄清的证据，连忙说，“你们忘了吗？季先生的头颅被带走的那段时间，我一直跟你们在一起呀。我根本没有时间带走季先生的头颅，又怎么可能是‘幽灵鬼’呢？”

朱心荷秀眉一蹙，思索了一下，点了点头：“那倒是。”

“嘿嘿！”程东昊却不依不饶，“阮律师，到底是我们忘了还是你自己忘了呀？‘把季尊天的脑袋带走的人和杀死季尊天的人有可能不是同一个人’这个观点不是你自己提出的吗？也就是说，带走那老头的脑袋的，的确有可能是潜伏在岛上的某人，但杀死那老头和小彤的‘幽灵鬼’，就是你！”

他没有留给阮文博反驳的机会，紧接着又说：“你一直主张‘幽灵鬼’就在我们几个人当中，现在小彤被杀时，我们四个人都碰巧有了不在场证明，你的凶手身份暴露了，所以你就要改变主张了？”

“反……反正就不是我……”

阮文博使劲地搔着脑袋，狼狈不堪。

就在这心慌意乱之际，他目光游离，四处张望，竟无意中发现远处有一个人影！

“喂！”他大吃一惊，激动不已，指着那人影大嚷，“你们看！那边有人！”

“哼！别想转移视线！”程东昊语气冰冷。

“不……是真的……”阮文博一脸焦急。

“说！”程东昊大步上前，一把揪住了阮文博的衣领，“为什么要杀死季尊天和小彤？”

霎时间，阮文博觉得有些呼吸困难，但他还是勉强挤出一句：“别……别让‘幽灵鬼’逃……逃了……”

朱心荷忍不住向阮文博所指的方向望去，不由自主地尖叫了一声：“啊？那边好像真的有人！”

诸葛千诺和曹武同时转头眺望。程东昊将信将疑，却还是放开了阮文博的衣领，望向远处。

众人果然看到离这里不远的树林的入口处有一个黑影。就在这时，那黑影也看到众人发现了自己，身子一转，拔腿就跑，向树林深处狂奔。

“那……那是谁呀？”朱心荷颤声问道。

诸葛千诺回过神来，吸了口气，冷冷地说：“很有可能就是杀害了季先生和小彤的‘幽灵鬼’！”

她话音刚落，曹武已狠狠地咬了咬牙，大喝：“快追！”

3

曹武率先跑进树林。其他人紧随其后。进入树林后，隐隐约约看到那黑影就在前方。

“在那边！”阮文博大叫。

众人紧追黑影，不知不觉来到树林深处，只见这里古木参天，大树上的藤条相互缠绕，便如一张大网，笼罩着树林里的万物。

“人呢？”曹武喃喃自语。

众人停住脚步，只觉得那黑影好像在左，又似乎在右。忽然左侧的草丛传来一阵异响，众人还没反应过来，紧接着右侧的花丛又飞出几只怪鸟。众人一惊，回过神来，一切归于宁静，但那黑影却已消失得无影无踪。

其时已是深夜，四处漆黑一团，缠绕的藤条所组成的大网连月亮透出的微弱亮光也遮住了，树林里几乎伸手不见五指，而且这里树木繁多，树影斑驳，那黑影要是躲在暗处，还真无法寻找。

“可恶！被他（她）逃跑了！”程东昊跺脚道。

一股冷风吹来，朱心荷打了个冷战。她紧缩着身子，两手环抱胸前，怯生生地说：“追不到就算了，我们回去吧。”

“不行！”曹武十分固执，“今晚一定要逮住杀死老爷和小彤的凶手！”

“那你自己找去呗。”

程东昊说罢，夸张地打了个哈欠。

“曹管家，”诸葛千诺微微地叹了口气，“我了解你的心情。我也想尽快逮到‘幽灵鬼’，还季先生和小彤一个公道。不过现在天这么黑，我们再耗下去也无济于事。我们还是回主馆从长计议吧。”

曹武稍微思索了几秒，终于吸了口气，有些无奈地说：“好吧！”

众人正准备离开，阮文博忽然指着不远处说道：“你们看看，那边好像有个山洞。”

“哪儿呀？”朱心荷问。

“那边呀！你们没看到吗？”

程东昊“哼”了一声：“什么都没看到！你是不是眼花呀？”

“我对自己的视力绝对有信心。”

诸葛千诺见阮文博一副胸有成竹的样子，清了清嗓子，说道：“我们过去看看吧。”

众人跟着阮文博向前走了十多米，果然发现那里有一个被杂草所遮盖的隐蔽洞口。

“看！真的有一个山洞！”阮文博手舞足蹈。

“刚才那个人会不会逃到山洞里去了？”朱心荷颤巍巍地问。

“我进去看看。”

曹武艺高人胆大，而且报仇心切，刚说完这句话，便大步走进山洞。

“等一下呀，曹管家。”

诸葛千诺叫道。但曹武并没有回头。

“他一个人进去很危险，要不我们一起跟进去吧？”

“可是，诸葛律师，如果那‘幽灵鬼’真的在山洞里，那怎么办呀？”

对于诸葛千诺的提议，朱心荷有所顾忌。

“只要我们不落单，‘幽灵鬼’就不足为惧。”

“诸葛律师说得对。”阮文博咽了口唾沫，“来吧，我们一起进去吧。”

“那好吧。”朱心荷勉强赞同。

程东昊本来不想进洞冒险，但见诸葛千诺、阮文博和朱心荷三人都决定进洞，心想自己一个人留在洞外不是更加危险吗？于是虽不情愿，却也没有出声反对。

四人走进山洞后，诸葛千诺提醒道："大家把手机拿出来，打开照明灯吧。"

"好！"阮文博和朱心荷齐声应道。

"喂，阮律师，你研究完我的手机没有？能把手机还给我了吧？"

程东昊没好气地说。刚才在海滩的时候，阮文博向程东昊索要手机，查看他所拍到的那段视频。随后众人发现人影，追进森林，变故突如其来，阮文博一直没有机会把手机还给程东昊。

"啊？不好意思。"阮文博连忙交还手机。

接下来，众人各自打开自己的手机的照明灯，虽然灯光微弱，但数道灯光交织在一起，却也能让大家勉强看到脚下的路。

曹武没有照明工具，步步为营，前进的速度极慢。正因为如此，众人不一会便追上了他。

"你们也进来了吗？"

"嗯。曹管家，有什么发现吗？"阮文博问。

"暂时还没有。"

众人继续向前，走了数分钟，来到山洞深处。四周暗无天日，怪石嶙峋，石缝之间透出丝丝寒气。这无尽的黑暗之中，阵阵的冰冷之下，似乎隐藏着无数秘密。

朱心荷紧紧抓住阮文博的手臂，颤声道："这里好可怕呀。要不我们回去吧？"

"我……我赞成……"阮文博也打退堂鼓了。

"嗯，我们还是等天亮以后再到这儿来一探究竟吧。"诸葛千诺说，

“现在黑乎乎的，什么也看不到。”

“可是……”曹武不甘心，“杀死老爷和小彤的凶手，或许就在里面呀！”

“那你自己留下吧，臭老头！”

程东昊早就想离开了，难得现在众人也有此意，求之不得，见曹武试图阻挠，又不敢跟他动手，只恨得咬牙切齿。

“好呀！那你们先回去吧！”曹武非常倔强。

“曹管家……”

“哎哟！”

诸葛千诺正要劝说曹武，却忽听朱心荷尖叫一声。

阮文博吓了一跳：“干、干吗呀？”

“我好像踢到了一些什么东西。”

“哦？”

阮文博弯下腰，用手机照了照地面，想要看看朱心荷踢到了什么。

这一照之下，可真把他吓得魂不附体。

“啊——”

只听阮文博声嘶力竭地惨叫起来，与此同时，他双脚发软，一屁股坐在地上。

他这突如其来的惨叫声，让众人吓了一跳。

“你他妈叫个鸟呀？”

程东昊回过神来后，忍不住怒骂。

“地……地上……有……有……”

阮文博结结巴巴，声音之中充满恐惧。

“有个鸟呀？”

程东昊从鼻孔里重重地“哼”了一声，稍微弯下腰一看，霎时间吓得脸色惨白，失声大叫：“靠！这他妈是什么东西呀？”

这时候曹武、诸葛千诺和朱心荷也看清楚了地上的东西。朱心荷跟阮文博和程东昊一样失声大叫，而曹武和诸葛千诺也脸色大变，面容扭曲。

因为大家所看到的，是一颗人头！

朱心荷刚才所踢到的，竟然是一颗人头。

众人定了定神，再定睛一看，那竟然是季尊天的人头！

4

“是……是老爷！”

曹武的语气交织着震惊、愤怒和悲伤。

“季先生的头颅竟……竟被带到这儿来了？”

阮文博惊魂未定，声音有些颤抖。

其他人已逐渐冷静下来。忽听诸葛千诺“咦”的一声，讶然道：“你们看，季先生的脸部好像被刀子划花了。”

众人仔细一看，季尊天的脸果然被横七竖八地划了十多刀，有些伤口深得连肌肉也翻了出来，无比恐怖。

“杂种！”曹武两手紧紧握拳，义愤填膺，“为什么要这样对老爷？老爷都已经遇害了，为什么还要这样折磨他的遗体，让他无法得到安息？”

“我记得在破碎馆看到季先生的头颅时，他还没有被毁容。”诸葛千诺微微地吸了口气，“‘幽灵鬼’把季先生的头颅带到这山洞来，并且毁容，到底是什么目的？”

“能有什么目的？他（她）是个大变态呗！”朱心荷嚷道。

“不管怎样，反正我们刚才看到的那逃到树林里的人影，应该就是杀死季先生和小彤、并且把季先生的头颅带到这儿来的‘幽灵鬼’。”

诸葛千诺得出如此结论。

“我就说嘛，我不是凶手！”阮文博抓紧机会给自己澄清，“‘幽灵鬼’并不在我们五个人之中。”

程东昊“哼”了一声，没有答话。

虽然人影的出现让自己暂时洗脱嫌疑，但“凶手并不在已出场的众人中”这一情况，跟推理漫画里的情节截然不同，这又多少让阮文博感到有些失望。

“如果‘幽灵鬼’真的在我们这几人当中，那才叫震撼呢。”阮文博低声嘟哝，“算了，现实跟漫画情节总有偏差。”

“现在我们该怎么办呀？”朱心荷问。

“继续调查山洞，看看还有什么线索吧。”诸葛千诺提议。

众人继续用手机的照明灯查看山洞，发现原来此刻身处之地已是山洞的尽头。

在季尊天的头颅附近，摆放着一堆木柴、两把尖刀、一个简单的存储架、一个用树枝和树皮制成的生火器以及一些用木棒和藤条制成的陷阱，此外，在存储架上还摆放着一些野果、蘑菇、土豆、烤肉（看样子像是兔肉）等食物。

“这里还真设备齐全呀。”程东昊冷冷地道。

“看来那‘幽灵鬼’真的住在这里，”诸葛千诺分析道，“而且他（她）在这里已经住了很长的一段时间。”

“没想到原来有人一直潜伏在春泪岛上呀。”

曹武讶然道。随后，他叹了一口长气：“是我太大意了，老爷和小彤的死，我难辞其咎。”

“曹管家，根本与你无关呀，不要自责。”诸葛千诺安慰他说。

“嗯。”曹武点了点头，紧接着却又叹了口气。

“咦？那储存架的底层好像放着一张报纸。”

阮文博说罢，走过去拿起存储架上的那张报纸，借用微弱的手机照明灯，查看报纸上的内容。

那是一张已经发黄的报纸，上面有一篇报道的篇幅很长，几乎占用了一整个版面，而且标题也十分醒目抢眼：“新锐画家季尊天爱妻陈某离奇失踪！”

“啊？哇！哇哇！”

一看到这行标题，阮文博激动得差点跳了起来。

“靠！你他妈又发什么神经呀？”

被他的怪叫声吓了一跳的程东昊恼羞成怒了，大声喝骂。

但阮文博却没有理会，依旧激动不已：“我找到重要线索啦！我找到重要线索啦！”

“什么线索？”诸葛千诺一脸好奇。

“看来潜伏在山洞里的‘幽灵鬼’跟季先生有着不为人知的关系！难道这就是‘幽灵鬼’杀死季先生的动机？”

阮文博自言自语地分析起来。

“阮律师，你说清楚一些好吗？”曹武也有些不耐烦了。

“你们过来看看这张报纸就知道了。”

众人围过来，一看到那篇报道的标题，或愕然，或惊讶，当然，因为有了心理准备，并没有人像阮文博那样激动得又叫又跳。

“这报纸是什么时候的？”诸葛千诺问。

“让我看看日期……唔，1986年9月7日。”

阮文博说完，搔了搔脑袋，接着又说："1986年？今年是2011年。这么说，这是二十多年前的报纸？"

诸葛千诺点了点头："嗯，二十五年前。"

"那老头的老婆在二十五年前失踪了？"程东昊眉头一皱，"这是怎么回事呀？"

就在这时候，曹武忽然微微地摇了摇头，发出了一声极轻的叹息。

黑暗之中，诸葛千诺并没有看到他摇头，但却听到了他的那声叹息。

"曹管家，"她吸了口气，试探着问，"你是不是知道一些什么？"

她一边说，一边把手上的手机照向曹武，昏暗的照明灯光之下，只见曹武向诸葛千诺看了一眼，嘴唇微张，欲言又止。

"曹管家，你要是真知道一些什么，你就说出来呗。"

阮文博劝道。但曹武还是不为所动，怔怔出神，没有回答。

"老头，别磨磨蹭蹭好不好？有话就说，有屁就放嘛！"

如果对方不是武馆教练，只是一个寻常老人，程东昊真恨不得在他的后脑上使劲打一拳。

"曹管家，你知道什么就说吧。或许我们能根据你提供的线索，找到真凶'幽灵鬼'呢！"

"嗯？"

阮文博的这句话似乎让曹武有些动摇，他微微地吸了口气，好像想说出秘密，却终究有些迟疑不决。

阮文博鉴貌辨色，瞧出曹武的内心在挣扎，连忙打铁趁热："曹管家呀，难道你不想逮住'幽灵鬼'，让他（她）接受法律的制裁，让季先生和小彤在天之灵得到安息吗？"

这句话彻底地触动了曹武的神经。只见他的身体微微地颤抖了一下，回过神来，做了一个深呼吸，叹道："好吧，我们到外面再慢慢说吧。"

"嗯，"诸葛千诺点了点头，"此地不宜久留，我们先离开山洞吧。"

众人也早已不想留在这个诡异恐怖的山洞里了，诸葛千诺这么一说，纷纷赞成。

离开之际，曹武蹲下身来，想要抱起季尊天的头颅。

"喂！"程东昊把他喝住，"你要干吗？"

"把老爷带回主馆。"

"靠！带颗人头回去？这也太恐怖了吧？不要带！"

"就是嘛，"朱心荷也来附和程东昊，"我们还要在主馆过夜呢，把一颗脑袋带回去，不吉利呀。"

"你们又没做亏心事，怕什么？"

曹武说罢，脱下外衣，把季尊天的头颅紧紧地包起来，抱在怀里。

"切！臭老头，你没听到我们的话吗？叫你别带这种东西回去呀！"程东昊放开喉咙大骂。

到了这时候，曹武终于对他忍无可忍了，忽然右手一伸，以闪电一般的速度掐住了程东昊的脖子，紧接着手臂一提，把他整个人凌空举了起来。

"你……咳咳……"

程东昊双脚离地，呼吸困难。

"我跟你说，"曹武神情冰冷，一字一顿地说，"我要做什么，轮不到你来插嘴！"

"我……我知道了……"

程东昊从喉咙里艰难地挤出几个字。

曹武这才"哼"了一声，右手一扬，把程东昊重重地摔在地上。

这一切突如其来，诸葛千诺、阮文博和朱心荷都惊呆了，直到程东昊被扔到地上，才回过神来。

“走吧！”

曹武紧抱着季尊天的头颅，朝洞口的方向大步走去，头也不回。

“咳……咳咳……”

程东昊一个劲地喘气，想起刚才的惊险情况，心有余悸，哪里还敢多嘴?

阮文博把他扶起。众人跟随着曹武走出了山洞。

5

“曹管家，快把跟这张报纸有关的事情告诉我们吧。”

阮文博离开山洞前顺手把那张1986年的报纸带走了，一步出山洞，他便打开报纸，急不可待地向曹武发问。

“阮律师，此事说来话长，要不我们回主馆再说?”

“这……”

“阮律师呀，难道你想在这阴森恐怖、随时会有野兽跑出来的树林里听故事?”

朱心荷抱怨道。其实春泪岛上并没有野兽，最多就是有些野兔和猴子，但阮文博此时听朱心荷这么一说，心中一凛，只觉得附近真有什么野兽在监视着自己一般。

“再说，那杀人魔‘幽灵鬼’也在附近虎视眈眈呢。”他越想越怕。

“我也觉得先回主馆比较好。”

诸葛千诺提出自己的看法。至于程东昊，还如惊弓之鸟一般，不敢说话。

“那好吧，我们回去再谈吧。”

阮文博心中的恐惧早已超越好奇，现在诸葛千诺给了他一个台阶下来，他求之不得，连忙收好报纸，和众人一起离开。

五人结伴而行，按原路走出森林，回到主馆，来到大厅。

这里还弥漫着浓烈的火药味，爆竹残渣散落在茶几上及茶几周围的地面，四处杂乱不堪，一片狼藉。

但这些跟杀人事件相比，实在微不足道。

阮文博、诸葛千诺、程东昊和朱心荷四人先后在大厅的沙发坐下。本以为曹武会立即说出跟那旧报纸有关的事，没想到他却丢下一句“请各位在此稍候片刻”，不等众人答话，大步离开大厅。

“他要去哪呀？”阮文博猜测道，“难道是要回房间拿一些跟当年的事情有关的东西给我们看？”

“我想他是要先把季先生的头颅带回房间安放吧。”

诸葛千诺一边说，一边查看着茶几中央那台笔记本电脑中的那个视频文件。

“把死人头放房间？哼！真是个心理变态！”程东昊低声骂道。

“各位观众，对于《春泪岛的惨剧》的第一幕，是否满意？接下来的第二幕，会更加精彩！”

诸葛千诺把视频文件打开了，“幽灵鬼”的声音通过笔记本电脑传出来。

阮文博和朱心荷也走过来一起观看。程东昊早已看过，向众人瞥了一眼，坐在沙发上一动不动。

“这一次，惨剧在主馆南面的倒置馆上演，此刻，我已经在倒置馆等候你们。”

“太恐怖了！”

朱心荷望着视频中“幽灵鬼”那恐怖造型，听着他（她）那用变声器处理过的尖锐声音，由不得打了个激灵，浑身冒着冷汗。

“嘘！”阮文博示意她安静。

“不信的话，你们现在就可以看看你们右边的窗户，我正在望着你们呢！”

“幽灵鬼”说完这句话，三人就跟当时曹武和程东昊的反应一样，脑袋微转，根据“幽灵鬼”所指的方向，透过大厅右侧的窗户，望向倒置馆北面那几个房间的窗口。

当然现在他们并没有看到什么。中间的房间空空如也，其他四个房间则一片漆黑。

这时候，曹武重返大厅，诸葛千诺的推测不错，此刻的他果然已经放下了季尊天的头颅了。

“让各位久等了。”

众人屏住呼吸。

曹武深深地吸了口气，微微地舔了舔嘴唇，慢悠悠地说道：“现在，我就把相关的事情告诉大家吧。”

6

“本来这些事关乎老爷的名声，甚至关乎老爷的性命，我从来没想过要说出来。但现在，一来老爷已经不在了，安危对他来说已经没有意义，二来我很希望大家能帮忙揪出杀害老爷和小彤的凶手，所以，决定把所有事情都告诉大家。当然，我希望大家能对这些事情保密。

“老爷结过婚，那是他有生以来唯一的一次婚姻。他的妻子名叫陈馨。

不过呀，老爷之所以跟陈馨结婚，只是因为陈馨的爸爸——当时著名的书画评论家——对老爷踏入画坛有极大的帮助。老爷对陈馨，没什么感情。醉心于油画的老爷，为了实现梦想，选择了一段不怎么美满幸福的婚姻。

“后来，老爷以一幅名叫《稻草人的祈祷》的油画作品参加1977年的全国美展。当时老爷籍籍无名，虽然他的作品是绝世佳作，但如果没有名家点评，根本无法引起人们的注意。幸好陈馨的爸爸对他的这幅油画给予了极高的评价，从而引发外界广泛关注，老爷一举成名。

“此后，顺利进入画坛的老爷佳作不断，快速征服了画坛，成为当时对画坛影响最大的青年油画家之一。

“老爷在画坛中越走越顺，逐渐不再需要陈馨的爸爸了，所以，他对陈馨的态度也越来越差。最后，他还出轨了，爱上了一位名叫欧阳芍药的女子……”

曹武把当年的事情娓娓道来，有条不紊，但朱心荷听到这里，却忍不住打断了他的话。

“欧阳芍药？芍药？这名字好奇怪呀！”她笑道，“哪有人的名字叫什么药的？想要一辈子生病吃药吗？真不吉利呀！”

“孤陋寡闻。”曹武尚未答话，诸葛千诺抢着回答，她的语气还略带一些不屑，“芍药是一种花，不是药。”

“是吗？哈哈。”

朱心荷有些尴尬，干笑了两声。

曹武点了点头：“诸葛小姐说得很对。这种被称作‘五月花神’的芍药，自古就作为爱情之花，现在更已在不知不觉之间，成为世人所承认的七夕节的代表花卉。”

“七夕？”朱心荷想了想，又说，“说起来，今天好像就是七夕节吧？

好巧哦。”

阮文博纠正道：“现在已经是七月初八的凌晨了，准确来说，昨天才是七夕节。”

朱心荷有些没趣，“哦”的一声，不再说话了。

“曹管家，你接着说吧。”

对于季尊天和妻子陈馨及情人欧阳芍药后来的事，阮文博大感兴趣。

曹武清了清嗓子，接着讲述当年往事。

“当时，老爷跟欧阳芍药偷情没多久，就被陈馨发现了。陈馨非常生气，对老爷又打又骂。老爷知道自己理亏，打不还手，骂不还口。可是陈馨还不解气，最后竟然拿起一把羊角锤，去把老爷工作室里的油画一幅接一幅地敲碎。

“那可是老爷废寝忘食所绘的作品，每一幅都是老爷的心血，每一幅都被老爷视作自己的生命，陈馨这样毁掉他的生命，可真令他又是焦急又是愤怒。情急之下，老爷把陈馨狠狠地推了一把，没想到陈馨失去重心，脑袋撞到墙上，竟然……竟然死了……”

“什么？”程东昊听到这里，骇然失色，忍不住大叫一声，“季尊天曾经杀过人？”

“这……这是真的吗？”

阮文博也一脸怀疑的表情。

朱心荷则手捂嘴巴，喃喃自语：“太恐怖了！他……他竟然是杀人犯！妈呀！”

至于诸葛千诺，并没有说话，秀眉微蹙，凝神思考。

曹武见众人反应如此，有些后悔说出当年的事情，但既然说了一半，索性豁出去了，叹了口气，接着叙述。

“误杀了陈馨以后，老爷很害怕，他不知道该怎么办，立即打电话把欧阳芍药叫过来。欧阳芍药知道事情的来龙去脉后，跟老爷说：‘你大好前途，不能毁于一旦，我们合力把她的尸体搬到山上埋掉，然后报警说她失踪了吧。’

“老爷想了很久，终究没有自首的勇气，最后还是接受了欧阳芍药的建议，跟她一起把陈馨的尸体搬到千寻山上，挖了个坑埋掉了……”

“这……”诸葛千诺一脸讶然，声音微颤，“这么说，欧阳芍药也是共犯……”

“啊！原来是这样！”程东昊忽然大声叫道。

“干吗怪叫呀？”阮文博被吓了一跳。

“我懂了！我全部都懂了！”程东昊兀自喃喃不休。

“你到底懂什么啦？”朱心荷一脸好奇。

程东昊定了定神，微微地舔了舔嘴唇，说道：“我不是说过吗？大概在十年前，我到千寻山登山，看到季尊天心脏病发倒在地上，他的周围还撒满了正在焚烧的冥币……现在一切不是不言而喻了吗？季尊天当时根本不是在祭祖，他当年把陈馨的尸体埋在千寻山后，一直良心不安，所以那天是到埋尸的地点烧冥币拜祭。”

曹武轻轻地咳嗽了两声，继续讲述这些陈年往事。

“程先生，你说得很对。我记得那刚好是十年前的2001年，当时陈馨已经死了十五年，尸体恐怕早已化作白骨了，而老爷也开始淡忘这件事。可是那一年，老爷事事不顺，创作到了瓶颈期，一连几个月没有灵感作画，到了下半年，还大病了几场，差点丢了性命。

“而且，那段时间，老爷心绪不宁，还经常做噩梦。我问老爷怎么回事。他开始没说，后来大概是被噩梦折磨得太痛苦了，终于告诉我，他这段时间老梦见陈馨回来向他索命。我问他陈馨是谁，为什么要向他索命。他这才把当年杀死陈馨并且埋尸千寻山的事告诉我。

“除了老爷和欧阳芍药，我是世界上唯一知道这件事的人。老爷之所以把事情的始末告诉我，是信任我不会出卖他。事实上，我的确不可能出卖老爷。当年我嗜赌如命，欠下巨额赌债，被人追砍。要不是老爷帮我还清了赌债，我早已横尸街头了。从那时起，我就对自己说，我的命是老爷捡回来的，我这一辈子，都要忠于老爷，为他排忧解难。

“再说那时呀，老爷实在被那些噩梦折磨得没有办法了，于是请了个江湖术士回来帮他。那江湖术士跟老爷说：‘你印堂发黑，脸色发青，近日必有大劫。’我认为那江湖术士是骗子，对他的话不以为然。没想到那江湖术士还挺灵验的，接下来又对老爷说：‘在你心里，有一件事，你一直不敢面对，有一个地方，你一直不敢去。你必须独自到那里去，勇敢面对，解开心结，才能心安理得。’

“于是，老爷听了江湖术士的话，鼓起勇气，独自前往千寻山，来到埋葬陈馨尸体的地方，焚烧冥币拜祭，想要陈馨早日投胎，别再冤魂不散。然而，在拜祭的时候，老爷不禁想起当年杀死陈馨及把她的尸体埋掉的情景，心里无法承受这样的恐惧，竟心脏病发，昏迷于山中，最后幸得程先生所救。

“以上就是我所知道的关于老爷的妻子陈馨失踪一事的来龙去脉。如果不是为了找出杀死老爷和小彤的‘幽灵鬼’，这些事情，我会带到棺材，一辈子也不会说出来！”

曹武说完，长长地吁了口气，神情有些茫然，不知道自己说出这些事，到底是对是错。

第七章　缺失

1

知名油画家季尊天竟是杀人犯。

这一切峰回路转，让众人出乎意料，怔怔出神，半晌没能反应过来。

首先回过神来的是程东昊。

“这么说，我当年碰到季尊天的地方，就是陈馨被埋尸的地点？靠！这也太他妈恐怖了吧！”

他说罢打了个冷战。

没有人理会他。

“潜伏在山洞中的‘幽灵鬼’，收藏着一张报道陈馨失踪的报纸。难道‘幽灵鬼’是陈馨的亲人，调查到陈馨为季先生所害，所以杀死季先生报仇？”诸葛千诺作出推测。

“可是‘幽灵鬼’是怎么调查到陈馨的死跟老爷有关的？知道这件事的只有三个人，我没有说过，老爷自然也不会说……”

曹武说到这里，阮文博轻呼一声，打断了他的话：“是欧阳芍药说的？”

“啊？”

阮文博吸了口气：“曹管家，说起来，当年那欧阳芍药后来怎样了？”

曹武尚未回答，朱心荷抢着说道：“阮律师，你还真笨呀！陈馨都死了，季先生跟那欧阳芍药，自然就结婚啦！”

“你很想他们结婚吗？”阮文博问。

“有情人终成眷属，有什么不好？”朱心荷反问。

阮文博笑了笑：“如果季先生真的跟那欧阳芍药结婚了，那么作为季先生妻子的欧阳芍药，就是季先生的第一顺序继承人，假设我们无法得到季先生的遗嘱，那么季先生的所有遗产就归这位欧阳芍药所有了。”

其实朱心荷等人能否继承遗产，在于他们是否能取到季尊天的遗嘱，而跟季尊天是否有法定继承人并无关系。只要他们取到遗嘱，那么季尊天的遗赠就会生效，即使半路杀出个法定继承人，他（她）也无法分到遗产。反之，哪怕季尊天没有法定继承人，但只要朱心荷等人无法取到遗嘱，那季尊天的遗产还是会收归国库。

只是，朱心荷一时之间没能想到这么多，只是觉得如果季尊天有法定继承人，那将对自己大大不利。

“啊——”她大叫一声，“这、这怎么可以？”

她定了定神，连忙向曹武问道：“曹管家，那欧阳芍药后来怎样了？季先生没跟她结婚吧？”

“嗯，没有。我刚才不是说过吗？老爷只有过一次婚姻。”

“那就好。”朱心荷松了口气。

“那可真奇怪呀。”阮文博不解，“他俩不是两情相悦吗？欧阳芍药甚至甘愿成为季先生的共犯，跟他一起处理尸体，怎么两人的故事就没了后文？”

“陈馨被杀没多久后，老爷跟欧阳芍药不知道闹了什么矛盾，两人就这样莫名其妙地分开了，欧阳芍药从此音讯全无……”

“我们先别管那个欧阳芍药了，逮凶手比较重要呀。”朱心荷打断了曹武的话，“现在我们几乎可以肯定，隐藏于山洞内的‘幽灵鬼’，之所以要杀死季先生，就是为了帮陈馨报仇。正如诸葛律师所说的那样，‘幽灵鬼’很有可能是陈馨的亲人。难道是她爸爸？”

“但为什么要杀死小彤呢？”阮文博提出疑点，“小彤跟陈馨之死没有任何关系呀，陈馨被杀的时候，小彤都还没出生呢。”

“我……我怎么知道这么多呀？”

朱心荷放弃了继续推理。

“推理门外汉，不堪一击。”

阮文博低声嘟哝了一句，顿了顿，接着望向诸葛千诺：“诸葛律师，你有什么看法吗？”

诸葛千诺怔怔出神，似乎在思考什么重要问题，完全没有听到阮文博的话。

“诸葛律师！”阮文博加大声音。

“啊？怎么啦？”诸葛千诺这才回过神来。

“你没事吧？”曹武说道，“你的脸色不太好。”

“没事。”诸葛千诺摇了摇头，“不好意思，我在想‘幽灵鬼’分别把两名死者肢解及倒吊的理由，想得入了神。”

“还在想这种无聊的问题呀？”朱心荷不屑地说，“当务之急是想办法把他（她）逮住，而不是去思考他（她）这些变态行为的意义。”

“那你得出了结论没有？”阮文博问诸葛千诺。

诸葛千诺微微地叹了口气：“还没想通。”

“你呢？”她接着问，“你有什么看法，阮律师？”

阮文博右手微微握拳，放在嘴唇下方，轻轻托着下巴，神情严肃而认真。

“我认为呀，‘幽灵鬼’杀人的理由，有可能是为了分到更多遗产。”

“分到更多遗产？什么意思呀？”朱心荷脸露疑惑。

阮文博舔了舔嘴唇：“我的意思是，‘幽灵鬼’是季先生所指定的遗产继承者之一。虽然我们还没看到季先生的那封自书遗书，但大家都知道，如无意外，遗嘱的内容应该是把遗产平均分给各位继承者吧。也就是说，人数越少，每个人能分到的钱就越多。‘幽灵鬼’本来只能分到五分之一的遗产，但在杀死小彤后，他（她）就能得到四分之一的遗产了，多了一大截呢。

“这也是‘幽灵鬼’首先杀死季先生的理由。因为唯一有权更改遗嘱的季先生一旦死亡，那么他所立的遗嘱就再也无法更改。”

阮文博提出了一种新的观点。众人全神贯注地倾听。

他越说越有信心，似乎自己所推断的一切，就是事实的全部：“如果我的这个推论成立，那么我就不可能是‘幽灵鬼’了，因为季先生所指定的五位遗产继承者分别是：曹武、段乐彤、程东昊、诸葛千诺和朱心荷，而我，是无论如何也无法分到遗产的。现在小彤死了，所以‘幽灵鬼’就是你们四个的其中一个！”

“放屁！”程东昊大怒，“你有健忘症呀？在段乐彤被杀的时候，我们四个都有完美的不在场证明！”

“就是呀！”

为了摆脱嫌疑，朱心荷暂时跟程东昊站在同一战线，只见她瞪了阮文博一眼，充满敌意地说：“阮律师，就只有你一个人没有不在场证明呀！”

“我……我……”阮文博语塞。

程东昊乘胜追击：“错不了啦！你就是‘幽灵鬼’！在被管家和我发现你跟段乐彤的尸体后，你连忙把房间的灯关闭，随后把段乐彤的尸体拖到海边，并且在附近躲藏起来。当我们来到后，你就跑出来，并且假装自己是从主馆过来的。”

“不！我不是凶手！”阮文博涨红了脸，“杀死小彤对我有什么好处呀？我又不能分到遗产！”

“‘凶手杀人是为了分到更多遗产’这个推论只是你自己说的，谁知道事实是不是这样？”程东昊朗声道，“或许你有其他要杀死季尊天和段乐彤的动机呢！唔，我知道了，你跟段乐彤偷情，怕她告诉你女朋友，所以杀了她灭口！一定是这样！”

“你血口喷人！你这根本是瞎猜，不是推理！”阮文博激动无比。

“好啦！”

曹武声如洪钟，打断了众人的争论。众人被他的气势震慑住，霎时间都住口了。

数秒的沉默后，诸葛千诺深深地吸了口气：“折腾了一整夜，我想大家都累了，不如先回房间休息吧，有什么事明天再说。”

朱心荷打了个哈欠：“嗯，反正再讨论下去也没有意义。”

“好！那我们明天再找凶手。阮律师，别想着偷偷溜掉哟。”程东昊冷笑。

阮文博气极：“我、我干吗要溜掉？”

最后诸葛千诺提醒众人：“对了，大家回房以后，切记一定要把房门上锁，并且在天亮之前，尽量不要离开自己的房间。”

2

季尊天和段乐彤相继被杀，死法诡异，杀人魔“幽灵鬼”就潜伏在岛上，监视着众人的一举一动，随时对下一个目标动手，这让大家相互猜疑，人心惶惶。

阮文博虽然也感到恐惧万分，但一整天下来，心力交瘁，实在是累极了，回到房间锁上房门和窗户后，在半梦半醒之间睡了几个小时。当他醒来的时候已是清晨时分，看了看手表，上午七点二十七分。他从床上下来，到洗手间梳洗以后，离开房间，来到主馆的大厅。

他刚在大厅的沙发坐下，朱心荷也出来了。

“早呀，朱小姐。”阮文博向她打招呼。

朱心荷只是点了点头，左右张望，随后问道："其他人呢？"

"我也不知道，我也是刚出来。"

"对了，阮律师，"朱心荷走到阮文博身旁，忽然压低了声音，煞有介事地问道，"你说那杀人凶手'幽灵鬼'，现在会不会躲在某个角落监视着我们？"

阮文博点了点头："可能性很大，我们的任何行动，都在他（她）的掌握之中。"

"那怎么办呀？"朱心荷一脸惶恐，"我可不想死呀。"

"没事，只要大家待在一起，就比较安全。"阮文博说。

"哪怕能躲过'幽灵鬼'的追杀，但我们无法离开春泪岛，迟早饿死。"

朱心荷神情绝望，长长地叹了口气。

"这层你倒不必担心。据我所知，主馆里有充足的食物和水源，而且树林那边还有野果呀野兔呀什么的，哪怕在岛上住上一年半载，也不会饿死。"

阮文博顿了顿，紧接着说："再说呀，那些拍卖公司的工作人员、画廊代理的职员和画展的负责人，也会不定期联系季先生和小彤，甚至直接乘船到岛上来拜访，到时我们就能获救了。"

朱心荷听阮文博这样说，松了口气："那就好。

"说起来呀，朱小姐，我想问你一个问题。"阮文博一脸认真。

"哦？"朱心荷有些好奇，"你问呗。"

阮文博吸了口气："季先生所指定的几位遗赠对象，我们都知道他们成为继承者的理由：程先生是因为救过心脏病发的季先生，诸葛小姐是因为帮季先生打过官司，曹管家是因为多年来照顾季先生的起居饮食，而小彤则是因为帮季先生管理油画出售业务。那么，你呢？"

阮文博的话说到一半时，朱心荷已猜到他想问什么，脸色微变，等阮文博说完，朱心荷目光游离，吞吞吐吐地说：“我？不是说过了吗？我跟季先生比较投缘……”

“早呀！”

阮文博正要向朱心荷追问下去，却被身后一人打断了自己的问题，回头一看，原来是诸葛千诺来到大厅。

“诸葛律师，你的脸色不太好呀。”朱心荷说道。

阮文博一看，果然诸葛千诺脸色苍白，额头上还渗出汗珠。

“你没事吧？”阮文博关切地问。

诸葛千诺轻轻一笑，摇了摇头：“没事儿，昨晚老做噩梦，睡不好。”

她话音刚落，忽然一阵急促的脚步声传来，三人转头一看，原来是曹武匆匆来到大厅。

“早呀，曹管家。”阮文博说道。

“糟、糟糕了！”

曹武有点儿气急败坏。他的反应让众人一惊。

“怎么啦，曹管家？”诸葛千诺问。

曹武喘着气道：“在饭厅那边……咳咳……有一张光盘……”

一听到“光盘”这两个字，众人都紧张起来。

“难道……”诸葛千诺吸了口气。

“快去看看！”阮文博大声说。

“我刚才到厨房想为各位准备早饭，结果发现饭桌上放着一张光盘和一把钥匙……”

在众人前往饭厅的过程中，曹武补充说明刚才的情况。

他的话还没说完，大家已来到饭厅，只见放在饭桌上的那张光盘上写着“《春泪岛的惨剧》第三幕”，光盘旁侧放着一把钥匙。

阮文博拿起光盘："曹管家，快用电脑把这张光盘打开。"

"我没电脑。"曹武想了想，"要不用小彤的那台笔记本吧。"

"昨天我们看完第一张光盘后，小彤好像把笔记本电脑就放在大厅的沙发。"诸葛千诺回忆道。

"咱们去看看吧。"阮文博说。

众人离开饭厅，回到大厅，首先注意到的是放在玻璃茶几中央的那台"幽灵鬼"所留下的、里面有"《春泪岛的惨剧》第二幕"视频文件的笔记本电脑。不过这台笔记本电脑没有光驱，无法打开"《春泪岛的惨剧》第三幕"的光盘。幸好段乐彤的笔记本电脑果然还放在沙发上。

阮文博把段乐彤的笔记本打开，进入操作系统后，当他再次看到电脑桌面背景中的那块白色的Swatch手表时，突然心中一震，脑海里灵光一闪，喃喃地道："咦，怎么会这样呀？"

"快把光盘放进去呀。"

朱心荷的催促打断了阮文博的思考。

阮文博回过神来，把光盘放进光驱，打开光盘里唯一的那个视频文件，霎时间，"幽灵鬼"再次出现在众人的眼前。

"各位观众，我们又见面了。《春泪岛的惨剧》的前两幕，大家是否感到满意？现在，第三幕将要上演！这一次，地点在主馆西面的错位馆。"

"幽灵鬼"说完这几句话，视频便结束了。

"先是东面的破碎馆，接着是南面的倒置馆，现在轮到西面的错位馆，这么说，下一次就是北面的缺失馆啰？"阮文博推测道。

"难道现在又有一个人已经在错位馆遇害？"曹武说道。

"这个人是……"

阮文博吸了口气，向诸葛千诺、曹武和朱心荷看了一眼，猛然惊觉。

其他三人也在同一时间想到了同一件事。诸葛千诺和朱心荷异口同声：“是程东昊！”

“我们快去倒置馆看看！”曹武咬牙道，“可恶呀！这‘幽灵鬼’到底是何方神圣呀？竟然能一次又一次地在我们的眼皮底下杀人？”

虽然曹武不喜程东昊的为人，但人命关天，在此性命攸关之际，得知程东昊可能遇害时，他并没有幸灾乐祸，反而对凶手义愤填膺。

“程先生在倒置馆遇害，只是我们的猜测，我认为我们该先到程先生的房间看看。”阮文博提议。

“你说得也有道理。”曹武稍微冷静下来。

于是四人来到程东昊的房间，扭动门把手，门没有上锁，开门一看，房里果然空无一人。

当下四人再无犹豫，匆匆赶到主馆西面的错位馆。

阮文博吸了口气，上前一步，用刚才放在光盘旁边的钥匙打开了错位馆大门上的铁锁。

3

跟破碎馆和倒置馆不同，进入错位馆后，直接到达玄关，并不需要经过长廊。而跟前两馆所一致的是，错位馆的墙上也挂满了油画。

油画里所画的大部分是静物，均以“错位”作为主题。

譬如说：台灯的灯泡被拆下来，放在台灯的开关上；球鞋的鞋带被取下来，绑在鞋头上；汽车的四个轮胎被拆下，一个叠一个地放在车顶；盆栽上的花全部被剪下来，一朵朵插在花泥上；芭比娃娃的手脚均被拔下来，位置对调……总之每一幅都匪夷所思，怪异绝伦。

“季先生真是一个天才画家，他的作品相当震撼。”朱心荷由衷赞道。

阮文博则喃喃分析：“破碎馆里，尸体被肢解；倒置馆里，尸体被倒吊；现在在错位馆，难道尸体‘错位’了？”

众人离开玄关，走进大厅，映入眼帘的是数之不尽的人偶模特！

有男，有女，有孩童，还有一部分没有眼睛、鼻子和嘴巴，只有一张扁平的脸。

这些人偶密密麻麻地堆在一起，在昏暗的灯光下，令人感到压抑和恐惧。

最为恐怖的是，所有人偶的手和脚的位置，都被对调了！

也就是说，它们的四肢都被拆卸下来，双脚被插在肩膀上，两腿则插在腹部下方，就跟油画中的芭比娃娃一样。

无数这样的“错位人偶”放在一起，展现出一幕前所未见的诡异情景！

“是错位！”阮文博喃喃地说道，“这‘幽灵鬼’还真闲得慌呀。”

朱心荷紧紧地抓住阮文博的手臂，声音颤抖：“好、好可怕。我总觉得‘幽灵鬼’就在那堆人偶之中。”

“这里的确有些不对劲，大家小心一点。”诸葛千诺提醒道，“最重要的是，我们在任何情况下都必须四个人一起行动，决不能有人落单。”

“现在我们该怎么办？”

惊惧交织的朱心荷已完全没有主意了。

“当然要搜索一下错位馆的每个房间。”

阮文博其实也有些害怕，甚至双脚在颤抖，但他却不愿在诸葛千诺和朱心荷两个女生面前示弱。再说，虽有所畏惧，但他还是很希望找到有用的线索，利用推理还原真相，揪出杀人凶手。

“我来带路吧。”曹武自告奋勇，“错位馆的面积不大，要查看所有房间，大概只需要十分钟。”

于是，四人硬着头皮搜索这座令人心里发毛的错位馆。

每个房间里的饰品都被“错位”。

最后，大家终于在一个杂物房里发现了程东昊。

遗憾的是，当众人找到他的时候，他已经是一具尸体了。

4

程东昊的脑袋被割了下来，丢在墙角。

脑袋前方的墙壁溅满了鲜血，看来这些血迹是“幽灵鬼”砍下程东昊的脑袋时，从他的脖子里喷溅出来的。

脑袋被砍下来，这就跟季尊天的尸体一样。

所不同的是，程东昊的躯干和四肢仍然连在一起，尸身并没有被肢解。

首先看到尸体的是走在最前面的曹武。虽然早有心理准备，但当他看到程东昊头身分离的时候，还是骇然失色，连脸上的表情也凝固了。

紧接着，诸葛千诺、阮文博和朱心荷也看到了尸体。

“啊——”

朱心荷失声大叫，尖锐的声音打破了错位馆的宁静，甚至给人一种“干扰了人偶们休息”的诡异感觉。

诸葛千诺比较冷静，沉吟不语。

而阮文博却吓得两脚发软，全身上下颤抖不已。

“算了，别再扮演什么侦探了，别再调查了，安安分分地等待别人前来救援就是了。”他心中暗道。

但他转念又想，推理漫画中的那些侦探，譬如金田一一，譬如柯南，在这种关键时刻，都是非常勇敢的。他既然是资深推理迷，现在就绝不能退缩，必须压抑住心中的恐惧，寻找蛛丝马迹，把杀人凶手揪出来，让死者得以安息。

“人生难得几回搏，此时不搏何时搏？阮文博，豁出去吧！养兵千日，用兵一时。你看推理漫画多年，现在就是发挥侦探才能的绝佳时刻！”

于是，他深深地吸了口气，微微地蹲下身子，硬着头皮观察程东昊的头颅和尸体。

由于懂得法医学的程东昊已经死了，所以再也没有人能根据尸体的死亡情况来判断致死原因及死亡时间。阮文博平时所看的推理漫画虽然有不少解剖尸体的情节，但当此情形他才知道，漫画国度和现实世界截然不同，哪怕自己看过无数推理漫画，但要真的分析一具尸体时，却是无从下手。

他细细观察，能发现的也就是程东昊的脑袋染满了血，怀疑后脑有一个伤口，从而推测程东昊的致死原因是被钝器袭击头部。此外，他还发现程东昊右手的食指上也沾满了鲜血。

“为什么他的食指上会沾满了血？是他生前沾到的，还是凶手在杀死他以后沾上去的？”

他还在思考，却听诸葛千诺说道：“你们看，那里有一支钢笔。”

众人一听，一齐朝诸葛千诺所指的方向望去，果然看到程东昊的左脚旁侧有一支橙黄色的毕加索钢笔。

“这钢笔我好像在哪里见过。”朱心荷搔了搔脑袋。

“好像是阮律师的。”诸葛千诺想了想，说道，“昨天下午在码头登船前，以及昨天晚上我们讨论季先生的遗产分配时，我都见阮律师用过这支钢笔。”

阮文博一听，连忙摸了摸自己的口袋，果然发现随身携带的毕加索钢笔不翼而飞。

“啊？我的钢笔怎么不见了？”他惊呼。

曹武厉声问道："你的钢笔为什么会在程先生被杀的现场出现？"

"我……我……我也不知道呀……"阮文博百辞莫辩。

朱心荷指着阮文博激动地大叫："你就是'幽灵鬼'！你就是杀死季尊天、段乐彤和程东昊的凶手！"

没等阮文博答话，她迅速地吸了口气，紧接着又说："对啦！小彤被杀的时候，就只有你一个人没有不在场证明！"

"不是我！"阮文博一脸委屈，大声地给自己澄清，"程东昊被杀一事，还有很多疑点，你们不能因为我的钢笔在现场就诬蔑我是凶手吧？"

"还有什么疑点？"诸葛千诺好奇地问道。

阮文博定了定神，咽了口唾沫，说道："譬如说：季先生是死在破碎馆里的，他的尸体被肢解成十多块，而破碎馆里的家具也全部被打碎了；而小彤是死在倒置馆里的，她的尸体被倒吊，而倒置馆里的所有家具也被倒放；现在，程东昊是死前错位馆里的，错位馆里的人偶模特的手脚也全部错位了，可是为什么程东昊的尸体没有'错位'？他只是脑袋被割下来了，这应该不是'错位'，而是'缺失'吧。是'幽灵鬼'弄错了，还是说他（她）有非这样做不可的理由？"

"说那么多废话干吗呀？"

朱心荷似乎已经深信阮文博就是凶手，指着他道："根本没什么理由，这些都是你在故弄玄虚！你绝对就是连续杀死三个人的凶手'幽灵鬼'！"

"不！不！"阮文博继续争辩，"你们忘了吗？'幽灵鬼'是住在山洞里的那个人！他（她）是陈馨的亲人！他（她）现在是在为陈馨报仇！"

"如果是为陈馨报仇，没必要杀死小彤和程东昊吧？"

诸葛千诺冷不防说道。她似乎也偏向于"阮文博是凶手"这个观点。

"这么说，你们都认为他就是杀死老爷和小彤的凶手？"

曹武向阮文博瞥了一眼，朝诸葛千诺和朱心荷问道。

“绝对就是他！”朱心荷嚷道。

诸葛千诺吸了口气：“可能性比较大。”

“不！我不是……”

阮文博还想争辩，却被曹武以极快的速度一把抓住了手臂。

“哇！好疼呀！曹管家，你干吗？”

曹武一脸严肃：“阮律师，有什么我们回主馆再说吧。”

瞧他的表情和举动，他也认为阮文博就是“幽灵鬼”了。

“不！抓着我干吗呀？我没杀人！”

阮文博耗尽九牛二虎之力，像疯了一般拼命地挣扎。

“放开我！放开我呀！”

此时此刻，他如疯狂的雄狮一般，双目圆睁，面容扭曲，令人生畏。

朱心荷甚至吓得倒退了几步，躲到诸葛千诺身后。

“阮律师，你冷静一些！”诸葛千诺朗声说道。

但阮文博却仍然激动无比：“放开我！我没杀人！我不是凶手！”

曹武皱了皱眉，看准时机，右掌突然狠狠地劈向阮文博的脖子后侧。

曾经叱咤风云的武馆教练宝刀未老，这一掌力道十足，巨大的冲击力波及阮文博的延髓。阮文博只感到两眼一黑，脑袋一阵晕厥，就此不省人事了。

5

曹武把昏迷不醒的阮文博扛在肩膀上，跟诸葛千诺和朱心荷一同离开错位馆。

回到主馆后，众人来到大厅，曹武把阮文博放在沙发上。

“要怎么处置他？”

曹武向诸葛千诺和朱心荷咨询。

“我……我也不知道。”

朱心荷摇了摇头，一脸茫然。

“不如我们先用绳索把阮律师绑起来吧，稍后如果能证明他并非‘幽灵鬼’，我们再向他道歉。”

对于诸葛千诺的提议，朱心荷十分赞同：“好！就这么办吧！如果他是‘幽灵鬼’，把他绑起来，我们的生命安全就得到保障了；如果他真的不是‘幽灵鬼’，到时我们帮他松绑就是了，也不会冤枉好人，错杀无辜。”

曹武也赞同这个做法：“嗯，那我去找根绳子。”

“快点回来呀！如果在你离开这段时间他突然醒来了，我们可打不过他呀。”

朱心荷想到刚才阮文博被曹武捉住后那激动的神情和扭曲的面容，谈虎色变，身体微颤。

曹武“嗯”的一声，快步离开大厅。与此同时，朱心荷咽了口唾沫，不由自主地躲到诸葛千诺身后。

幸好不一会曹武就带着一根粗绳回来了，在此期间阮文博并没有醒来。接下来，曹武在诸葛千诺和朱心荷的协助下，把阮文博五花大绑。

“好了，这样一来，我们就不用怕他了。”

朱心荷大大地松了口气。

紧接着，只见诸葛千诺微微地吸了口气，蹲下身子，双手轻拍阮文博的身体各处。

“诸葛律师，这是干什么？”朱心荷一脸好奇。

“我看看他身上有没有藏着什么武器。”

“有找到吗？”曹武问。

“好像没有。”

诸葛千诺说罢，忽然摸到阮文博的口袋里似乎有些什么东西，掏出来一看，原来是一个信封。

这个信封是众人昨天搜索季尊天的卧房时在床头柜的抽屉里找到的，信封里放着几十张照片，所拍摄的都是四馆里的一些家具和饰品。当时离开卧房前，阮文博把照片放回信封，还把信封放到自己的口袋里。

“这是什么呀？”朱心荷问。

“就是我们昨天在季先生的卧房找到的那些照片，待会我们再研究一下。”

诸葛千诺说罢，顺手把信封放进自己的口袋。

“好了，现在凶手被逮住了，接下来我们该怎么做？”朱心荷又问。

诸葛千诺想了想：“现在我们应该想办法报警，可是岛上的通信设备被毁坏了，我们暂时还无法跟外界联系……”

“对啦！”

曹武忽然叫了一声，把诸葛千诺和朱心荷给吓了一跳。

“干吧呀，曹管家？”朱心荷没好气地说。

诸葛千诺则定了定神，问道：“曹管家，你想到了一些什么？”

“我有办法联系外界啦！”

“是什么办法？”朱心荷迫不及待地问。

曹武清了清嗓子：“我们可以到海滩那边燃放烟火来求救。”

“可行吗？”朱心荷问道。

“反正除此以外，我们也没有其他办法了。”曹武轻轻地叹了口气，“那就死马当活马医呗。”

“说得也是呀。诸葛律师，你认为呢？”

诸葛千诺稍微思索了几秒：“嗯，可以试试吧。”

“好！”曹武说，“我马上去准备相关的道具。”

6

三人离开主馆的时候，阮文博还没有醒来。

哪怕在三人到海滩求救的那段时间阮文博清醒过来，但他也无法挣脱身上的绳索。

不一会，三人来到倒置馆南面的海滩。

段乐彤的尸体还躺在海滩上，此刻有几只乌鸦正在啄食着她的身体。

曹武眉头一皱，匆匆走过去，挥动双手，赶走了那几只乌鸦。随后他又脱下那件曾经包着季尊天头颅的外衣，披在段乐彤的尸体上，长叹了一口气，黯然神伤。

“小彤……老爷……为什么会发生这样的事呀……”他喃喃哀叹。

诸葛千诺走过去，拍了拍曹武的肩膀：“曹管家，节哀顺变。”

曹武摇了摇头：“说真的，我到现在还没能接受老爷和小彤被杀的事实。老爷杀过人，现在被人害死了，如果凶手真的是为了帮陈馨报仇而杀死老爷，我也无话可说。可是小彤呢？她并没有得罪人吧？她只有二十来岁，正是人生中最美好的时光，为什么要对她这么残忍？”

诸葛千诺也叹了一口长气：“曹管家，你放心，如果阮律师是凶手，我一定会亲手把他送到公安局，让他接受法律的制裁；如果凶手不是他，我一定会揪出真正的‘幽灵鬼’，还季先生和小彤一个公道。”

曹武转过身子，紧紧地握住了诸葛千诺的手：“诸葛律师，我只是一介武夫，脑子不好使，老爷和小彤的事就拜托你了。”

两人正在交谈，朱心荷也走过来了。

“喂，你们说完了没有？快开始吧！”

曹武定了定神：“好吧！”

接下来，三人就在海滩上生起一堆火。曹武在火堆上放入一些橡胶片和生树叶，以此生成燃烟，好让经过附近的轮船发现求救信号，前来救援。

不一会，果然有一阵浓黑的燃烟徐徐升起。诸葛千诺和朱心荷见这个方法有效，十分兴奋，连忙过来帮忙往火堆里投放植物和纸片。

燃烟生成后，三人坐在火堆旁边，等待救援。曹武闭目养神，诸葛千诺玩着手机，朱心荷百无聊赖，向段乐彤的尸体瞥了一眼，忽然“咦”的一声，说道：“有点奇怪呀！”

“什么？”曹武睁开眼睛问道。

“之前小彤的手上好像戴着一块白色的手表的，现在怎么不见了？”

“你这么一说……”

“啊？”

诸葛千诺忽然叫了一声，打断了曹武和朱心荷的交谈。

“怎么啦？”朱心荷问道。

“我的手机好像有信号！”诸葛千诺颇为激动。

“真的吗？”朱心荷比诸葛千诺更加兴奋，“那你快打电话求救！”

“好！”

诸葛千诺说罢，首先按下了手机键盘上的1键。

诸葛千诺的来电

8月6日晚上，完美解决了发生在绝尘村的连续杀人事件的慕容思炫和夏寻语从K市回到L市。

8月7日上午，慕容思炫早早起床，早饭也没吃，就在房间里一边吃着各种各样的糖果，一边左手跟右手下着五子棋。

正玩得不亦乐乎，忽然手机铃声响起。

他用拇指和食指把手机夹起来一看，显示为“未知号码”。

“咦？”慕容思炫斜眉一蹙，接通了电话，冷冷地问，“谁？”

电话另一头传来微弱的女声：“慕容思炫吗？是我……”

慕容思炫认得那是好友诸葛千诺的声音。

“在哪？”慕容思炫淡淡地问。

“我……”

诸葛千诺只说了一个字，手机突然传来一阵“沙沙沙”的声响，断断续续地，掩盖了她的声音。

慕容思炫轻轻地咬了咬手指，一言不发，静观其变。

过了一会，只听到一个男声从手机里传来：“诸葛律师，怎么样啊？能接通吗？”

紧接着又是一阵“沙沙”声。

慕容思炫朝手机的屏幕看了一眼，电话还处于通话状态中。

这时候，诸葛千诺的声音再次传来，然而却时有时无：“我在……春泪岛……被困……”

“春泪岛？”

慕容思炫一边思索，一边抓起桌子上的那盒曼妥思清果口香糖，取出两条，拆开包装纸，扔到嘴里，大口大口地咀嚼。

诸葛千诺的声音越来越小：“这里……发生了……杀人事件……”

“咦？”

一听到“杀人事件”四字，慕容思炫那双呆滞无神的眼睛发出了异样的光芒。他正要追问，电话却挂线了，诸葛千诺的声音瞬间被冰冷的电流声所取代。

“嘟——嘟——嘟——”

慕容思炫抓了抓那杂乱不堪的头发，稍微思索了半秒，立即打开电脑，上网搜索春泪岛的位置及相关资料。

第八章　掩饰

1

“喂？喂？”

诸葛千诺看了看手机的显示屏，叹了口气。

“怎么样呀，诸葛小姐？能联系到外界吗？”

虽然瞧诸葛千诺的反应已能猜到结果，但曹武还是忍不住如是问道。

诸葛千诺摇了摇头：“现在又没有信号了。”

“唉，我就说嘛，”曹武叹道，“这附近根本没有基站信号覆盖，手机是不可能打得通的，哪怕是110和120之类的紧急电话，也拨打不了。”

诸葛千诺点了点头，一脸无奈：“现在只好期盼附近的轮船能看到我们所燃放的求救信号了。”

“要等到什么时候呀？”朱心荷满脸苦恼，“这里这么偏僻，真的会有轮船经过吗？”

她说罢把右手放在额头前，遮挡阳光，漫无目的地四处张望：“这里与世隔绝，怎么会有人经过呀？”

忽然，她无意中看到森林的入口处——即阮文博今天凌晨发现黑影的地方——有一个人！

“喂！”她本能反应般地大声叫道，“你们看！那边有人！”

曹武和诸葛千诺被她突如其来的叫喊声吓了一跳，回过神来后，朝她所指的方向望去，果然看到远处有一个男子。

跟今天凌晨不同，此时日光普照，所以三人都看得非常清楚，那是一个身穿灰衣的男子，正鬼鬼祟祟地躲在树旁，监视着他们。

这时候，神秘男子也看到朱心荷、曹武和诸葛千诺三人发现了自己，微微一惊，转身向森林深处逃跑。

“他就是昨晚逃掉的那个人！”诸葛千诺大声说。

“就是那个在山洞中隐居、杀死了季先生等人的‘幽灵鬼’？”朱心荷问。

“可能性很大。”诸葛千诺说道。

“快追！”

曹武话音刚落，已向那神秘男子追去。

诸葛千诺和朱心荷对望一眼，紧跟其后。

神秘男子步伐矫健，拼命狂奔，如猎豹一般，速度极快。而曹武等人为了逮住这个已经杀死了数人的“幽灵鬼”，也爆发了体内的潜能，在后头穷追不舍，势不可挡。

此时跟今天凌晨那漆黑一团的环境截然不同，虽然大树上的藤条织成了一张大网，笼罩着森林，但日光透过大网中的无数空隙直射进来，照耀于森林各处，树木花草，一目了然，让那神秘男子无处可躲，虽然暂时还没被逮住，却也无法摆脱曹武等人的视线。

如此追逐了一会，那神秘男子逐渐感到体力不支，步伐明显慢了下来。

而曹武三人不但没有放弃追赶，甚至越战越勇，越跑越快。

曹武虽然年逾古稀，但身体强健，精力旺盛，而诸葛千诺和朱心荷两个本来就是年轻人，三人的体力都比那神秘男子充足。

终于，神秘男子在跑到山洞附近时，再也坚持不住，跪倒在地，呼呼喘气。

曹武三人跑上来，把神秘男子紧紧地围在中间。

“哼！”

众人定睛一看，那个男子的年纪大概在五十五岁到六十岁之间，衣衫褴褛，头发凌乱，身材矮小，面黄肌瘦，一双骨碌碌的小眼紧紧地盯着众人，充满怨恨。

“你就是隐居在山洞中的那个人？”诸葛千诺问道。

中年男子此时已累得头晕眼花，上气不接下气，根本说不了话，但他还是向诸葛千诺狠狠地瞪了一眼，目光之中似乎要喷出火焰。

朱心荷紧接着厉声问道：“你就是杀人凶手‘幽灵鬼’？你为什么要杀死季先生他们？”

这回那中年男子瞧也不瞧朱心荷一眼，使劲地咽了口唾沫，紧紧地咬着下唇。

“我认得你了！我见过你的照片！”

曹武忽然指着那中年男子朗声道。

“你认识他？”诸葛千诺问。

“对！我见过他的照片！”曹武肯定地说，“他是陈馨的弟弟！他叫陈强！”

“陈馨？啊？”朱心荷惊呼，“季先生的老婆的弟弟？”

诸葛千诺舔了舔嘴唇，紧紧地盯着这个名叫陈强的中年男子，淡淡地道：“这么说，你果然是‘幽灵鬼’了？你杀死季先生等人的动机，就是为了帮你的姐姐陈馨报仇！”

陈强这时候终于缓过了一口气，慢慢地抬起头，冷冷地说：“你们说得对，我的姐姐就是陈馨。”

“你是怎么到岛上来的？你潜伏在岛上的目的是什么？还有，”曹武瞥了山洞的洞口一眼，接着喝问，“你在这山洞住了多久了？”

“哼！你们很想知道吗？”陈强冷笑。

曹武走前一步，左手抓住陈强的左腕，右手使劲地按住陈强的左肩，大声喝道："别废话！说！"

"放开我！"

陈强身子猛然一甩，想要摆脱曹武的钳制，然而曹武力道奇大，他根本动弹不了。

"曹管家，放了他吧，"诸葛千诺微微地吸了口气，"反正他逃不了。"

"嗯。"

曹武抓住陈强的衣领，右手一扬，把他摔在地上。

陈强慢腾腾地爬起来，盘膝而坐，轻轻地喘着气。

"陈强，你到春泪岛来，到底是不是跟你姐姐陈馨有关？把事情的始末告诉我们吧，反正现在隐瞒已经没有意义了。"

诸葛千诺的声音虽然不大，但话语之中却似乎蕴藏着一股让人无法反抗的力量。

不知道是被诸葛千诺的话所打动，还是本来就没打算隐瞒，只见陈强朝诸葛千诺看了一眼，深深地吸了口气，清了清嗓子，终于把相关的事情娓娓道来。

2

"二十五年前，姐姐离奇失踪，大家都说她凶多吉少，我为此伤心欲绝，但我的姐夫季尊天，却好像不怎么难过。而且，姐姐失踪没多久，他就跟一个名叫欧阳芍药的女人鬼混在一起。这让我不得不怀疑，姐姐的失踪跟季尊天和欧阳芍药这对狗男女有关。

"这二十多年来，我一直在明察暗访，想要找出姐姐失踪的真相，可是却终究没有收获。但我不死心。我曾经发誓，一定要在我有生之年解开姐姐的失踪之谜，还姐姐一个公道。否则，我死不瞑目！

“两年前开始，我决定把调查重点锁定在季尊天身上。当时他已在这座春泪岛隐居。于是，我带上了一艘装有引擎的橡皮艇和一些日常用品，先乘船到这里附近的岛屿，再驾着橡皮艇来到春泪岛，悄悄上岛，并且在这山洞住了下来。

“其后，我偷偷潜入主馆，在季尊天的卧房里安装了监听器和针孔摄像头，在山洞里用笔记本电脑随时监视着季尊天的一举一动。每当我的笔记本电脑的电池快用完的时候，我就悄悄地把笔记本拿到主馆里充电。

“皇天不负有心人，几个月前，我通过监听器听到季尊天和管家的一段谈话。我到死也不会忘记他们这段对话中的任何一句！

“当时只听季尊天说：‘曹管家，最近我又梦见自己当年杀死陈馨并且埋尸的情景，还梦见陈馨回来向我索命。’管家说：‘老爷，夫人的死只是意外，你别太自责了，再说，十年前你根据那大师的指示，到千寻山拜祭夫人，还因此差点丢了性命，从那时起，你们的恩怨就已经一笔勾销了，她是不会再回来找你的了。’

“到了那时候，我才终于知道原来我的姐姐真的是被季尊天那贱人害死的！那贱人，不得好死！”

朱心荷听到这里忍不住问道：“所以，你就杀死季先生，为你姐姐报仇？”

陈强还没回答，曹武却叹了口气，摇了摇头：“原来老爷是因为我说的话而被害的，我对不起老爷。”

“你既然知道你姐姐是被季尊天杀死的，为什么不报警呀？”诸葛千诺问道。

“报警？”陈强冷笑一声，“虽然我知道季尊天把我姐姐埋在千寻山，但具体地点我却不知道，根本无法找出姐姐的尸骨。再说，过了这么多年，哪怕知道了具体埋尸地点，但姐姐的尸骨可能早已没了。另一方面，姐姐的失踪到现在已经二十五年了。既没找到尸骨，而案件本身又已经过了二十年的追诉期，警察还怎么会浪费资源调查？所以……”

他说到这里顿了顿，紧紧地咬着牙，一字一字地说：“要制裁季尊天这个混蛋，只能靠我自己这双手。”

众人尚未答话，他紧接着又说：“不过呀，总算苍天有眼，我还没动手，那贱人却自己患上了肝癌，命不久矣。他坏事做尽，终于受到天谴，哈哈哈！”

曹武重重地“哼”了一声，质问道：“你要为姐姐报仇无可厚非，可是你既然知道老爷不久于人世，为什么还要用那么残忍的手法杀死他？”

众人以为陈强要回答什么“我必须亲手制裁这个混蛋”之类的豪言壮语，没想到他所说的话却出人意表。

“杀死他？如果他没患绝症，我还真有可能干掉他！但他既然都快死了，我还怎么会为了干掉这个贱人而让自己沦为杀人犯？”

“什么？”诸葛千诺秀眉一蹙，“你的意思是，季先生不是你杀的？”

陈强重重地“哼”了一声：“我碰都没碰过他。”

“那为什么老爷的头部会在你所居住的山洞里？”曹武厉声喝问。

陈强朝曹武瞥了一眼，嘴角一扬，嘿嘿一笑，不慌不忙地道：“我在盘算着怎样向季尊天报复的时候，通过监听器得知他患上了肝癌。从那时起，我就再也没有使用针孔摄像头和窃听器来监视他的举动了，因为他是一个马上就要死掉的人了。但我也没有离开春泪岛，继续住在山洞里。我要亲眼看着这个害死姐姐的混蛋死掉！我要在看到他的尸体后，才能心安理得地离岛。

“昨天傍晚，我出来抓野兔，无意中发现你们一行人走进了平时上锁的破碎馆。因为好奇，我暗自跟踪，当跟你们来到休息室的时候，我就躲在附近的房间，偷听你们谈话。当我听到你们说季尊天被杀死了的时候，还真吓了一跳。你们匆匆离开后，我走进休息室一看，果然，季尊天被杀了，脑袋被砍了下来，身体也被砍成十多块。

“在我看到这血腥残忍的画面的那一刹那，我呆住了，我感到十分害怕，双手颤抖不已。但过了片刻，我便由害怕变成兴奋。难道不是吗？害死我姐姐的凶手落得这样的下场，实在是大快人心！

“可是我又有些遗憾，因为我不能亲手为姐姐报仇。正因为我不解恨，所以我带走了季尊天的脑袋。回到山洞后，我用刀子在他的脸上乱划，把他的脸划得血肉模糊。只有这样做，才能让我完全释放对季尊天的怨恨。哈哈哈！哈哈哈！贱人，去死吧！”

“你以为我们是三岁的小孩子吗？”诸葛千诺的话语如寒潭之水一般冰冷，“你编的故事错漏百出，根本无法掩饰你是杀人凶手这个事实。我跟你说，杀人要偿命，你无论如何狡辩，都无法逃脱法律的制裁。”

“我说了我没杀人！”

陈强红着眼睛嘶吼。

“我没杀人！我没杀人！我没……”

他重复说自己没有杀人，在说到第四句的时候，众人正等着他把话说完，没想到他却只说了一半，突然一跃而起，趁大家还没回过神来，想要摆脱包围。

“啊？”朱心荷惊呼一声。

诸葛千诺虽然马上就反应过来，知道他想逃跑，但怕被他撞伤，身子不由自主地闪开了。

幸好曹武眼疾手快，大步上前，左手一抓，揪住了陈强的衣服，与此同时，右手故技重施，一掌劈向陈强的脖子后方。陈强“咦”的一声，还没意识到发生了什么事，忽然双眼一花，大脑昏厥，就此失去意识。

朱心荷见陈强被制伏，长长地舒了口气：“太好了，总算把‘幽灵鬼’逮住了。”

曹武却叹了口气：“可是却已经无法挽回老爷和小彤的性命。”

“但至少他不能再害人了。”诸葛千诺淡淡地说。

“对啦！”朱心荷忽然大声叫道，“这么说，我们错怪阮律师啦，他根本不是‘幽灵鬼’。”

“快回去帮他松绑吧。”

曹武说罢，把昏迷不醒的陈强扛到肩膀上。三人就此离开树林，朝主馆走去。

3

回到主馆，来到大厅，三人看到的是完全出乎意料的一幕。

刚才被粗绳所五花大绑的阮文博，此刻竟然被松绑了。只见他气定神闲地坐在大厅的沙发上，微微地仰望着天花板，似乎在思考着一些什么。

众人这一惊实在非同小可。

“阮……阮律师，你怎么能……”

朱心荷一脸不可思议的表情。

阮文博听到朱心荷说话，这才回过神来，“咦”的一声，朝众人看了一眼，接着微微一笑：“作为一位名侦探，经常遇到各种危险，所以必须学会各种生存技巧，譬如逃脱术，哈哈。”

诸葛千诺皱了皱眉，有些疑惑：“名侦探？”

“对，负责解开各种匪夷所思的疑团的名侦探。”

阮文博一副自信满满的样子。诸葛千诺沉吟不语。

“咦？”这时候，阮文博发现了曹武扛在肩膀上的陈强，一脸好奇地问，“这个人是……”

曹武把还在昏迷中的陈强放在沙发上，吁了口气，说道：“他是陈馨的弟弟，他就是杀死老爷、小彤和程先生的‘幽灵鬼’！”

“哦？”阮文博舔了舔嘴唇，“就是住在山洞里的那个人？”

“是的。”曹武点了点头。

阮文博笑了笑，淡淡地说：“很可惜，这个人并不是‘幽灵鬼’。”

“不是他？”朱心荷盯着阮文博，神情疑惑，“那是谁呀？”

阮文博忽然收起笑容，向曹武、诸葛千诺和朱心荷三人扫了一眼，一字一顿地说：“真正的‘幽灵鬼’，就在你们三个人之中！”

“什么？”曹武大惊。

“我、我可没有杀人呀！”朱心荷声音微颤。

“阮律师，”只有诸葛千诺镇静自若，淡淡地说，“你忘了吗？在小彤被杀的时候，看到了在倒置馆中的‘幽灵鬼’的曹管家，以及没有时间搬运小彤尸体的心荷和我，都因此而拥有了不在场证明哦。”

她说到这里，稍微顿了顿，续道：“所以，‘幽灵鬼’不可能在我们三个人当中。”

“不在场证明是假的！”

阮文博朗声说道。他吸了口气，紧接着又以极为肯定的语气补充道：“那只是运用了某种诡计而施展的障眼法而已。”

“你到底想说什么嘛？”曹武有些不耐烦了，“什么诡计呀？什么障眼法呀？害死老爷和小彤的到底是谁呀？你别卖关子了，有话快说！”

阮文博轻轻一笑："曹管家，别焦急，一切谜团我都已经解开了，接下来……"

他说到这里，深深地吸了口气，提高声调，大声宣布："我将利用推理还原这发生在春泪岛上的连续杀人事件的真相，揪出杀人凶手'幽灵鬼'！"

4

曹武、诸葛千诺和朱心荷都被阮文博这突如其来的强大气场震慑住了，三人都没有说话。

阮文博咳嗽了两声，清了清嗓子，终于展开他的推理。

"到目前为止，总共发生了三宗杀人案件，受害者分别是：季先生、小彤和程东昊。现在我按时间顺序，一宗接一宗地往下说。

"首先是第一宗案件，死者是季先生，案发现场是主馆东面的破碎馆。

"根据我的推理，在大前天晚上，即我们上岛的前两天，凶手'幽灵鬼'约季先生到破碎馆的休息室见面，当两人来到破碎馆的休息室时，'幽灵鬼'就杀死了季先生，随后还把他的尸体肢解，形成'破碎'的状态。最后，'幽灵鬼'取走了季先生身上的四馆的钥匙，把破碎馆的大门重新上锁，避免季先生的尸体被提前发现。

"在这宗案件中，最大的疑点就是：'幽灵鬼'为什么要把季先生碎尸？在推理漫画中，碎尸一般是为了掩盖尸体上的某些东西，譬如尸体的身份，或者尸体的伤口。所以，当我们看到季尊天的尸体被肢解时，就会认为：'凶手是为了掩盖尸体上的某些关键线索，所以碎尸，而且，为了分散我们的注意力，让我们不去特别注意那被肢解的尸体，凶手还大费周章地把破碎馆内的家具和饰品全部打碎，使我们以为碎尸及打碎家具的目的，只是单纯地配合破碎馆的主题。'"

诸葛千诺听到这里点了点头："你说得很对，我的确是这么想的。"

阮文博笑了笑："其实，一切是截然相反的！"

"什么意思？"诸葛千诺咽了口唾沫问道。

曹武和朱心荷也满脸疑惑。

阮文博吸了口气，稍微加大了声音："大家听清楚了，'幽灵鬼'把季先生碎尸的真正理由，是为了掩饰破碎馆内的某件饰品！"

曹武眉头紧皱："什么意思呀？"

阮文博向曹武看了一眼："曹管家，是这样的，破碎馆内的某件饰品的存在，对'幽灵鬼'大大不利，'幽灵鬼'必须毁掉那件饰品。但如果只是毁掉那件饰品，我们就会思考'幽灵鬼'这样做的理由，最后或许会发现那件饰品上的玄机。所以，'幽灵鬼'为了掩饰'某件饰品被毁'这件事，把破碎馆内的所有家具和饰品都打碎了，甚至把季先生的尸体也'破碎'了，让我们把重点放在尸体上，从而忽略了被毁的某件饰品。

"简单地说，'幽灵鬼'让我们以为打碎饰品是为了掩盖被肢解的尸体，其实刚好相反，肢解尸体是为了掩盖某件被打碎的饰品！"

"绕来绕去，我都被你绕晕了。"朱心荷听得秀眉紧锁。

曹武似懂非懂，没有说话。

诸葛千诺倒是明白了阮文博的意思，大脑稍微消化了一下他的推论后，提出了自己的见解："为了掩盖一件被打碎的饰品而破坏所有家具和饰品，甚至大费周章地肢解季先生的尸体，这也太小题大做了吧？"

阮文博伸出右手的食指，轻轻摇摆："一点也不小题大做。因为……"

他说到这里，收起食指，同一时间伸出中指、无名指和尾指，续道："这件饰品价值三十亿人民币！"

众人这一惊委实不小。

曹武首先叫了出来："三十亿人民币？那到底是什么？春泪岛上有这么值钱的东西？"

阮文博再次看了看曹武："曹管家，你还记得我们在季先生卧房里找到的那沓照片吗？照片上拍的都是四馆的家具和饰品。"

"嗯。"曹武点了点头。

"其中有一张是放在破碎馆书房的巨型陶瓷花瓶。现在它已经被打碎了，碎片就散落在破碎馆的书房里。"阮文博吸了口气，一字一顿地说，"我刚才所说的那件'幽灵鬼'所必须打碎的饰品，就是这个花瓶！"

5

阮文博的话再次让众人怔住了。

"那个花瓶价值三十亿？"朱心荷摇了摇头，语气之中略带不屑，"这不可能吧？阮律师，我怎么感觉你的所谓推理有点儿异想天开？"

阮文博笑了笑："你先听完我说。那个花瓶当然不值三十亿，但花瓶上的数字，却值三十亿！"

"花瓶上的数字？什么意思？"

这回提问的是诸葛千诺。自始至终她都保持比较冷静的态度。

"小彤不是说，季先生从前年开始，健忘的症状越来越严重吗？季先生放遗嘱的那个电子保险箱有两组由数字组成的密码，第一组密码他告诉了我，而第二组密码，就只有他一个人知道。不过，他也深知自己的健忘症日益严重，怕自己有一天会忘记第二组密码，这样一来，保险箱就永远没有办法打开了。于是，他找人订制了一个大花瓶，并且把第二组密码隐藏在花瓶的图案中！

“‘幽灵鬼’知道‘保险箱的第二组密码隐藏在大花瓶中’这件事，他（她）不想让我们得到遗嘱，不想让继承者们继承季先生的遗产，所以，他（她）要打碎花瓶，使我们无法得知第二组密码。

“不过，哪怕花瓶打碎了，但只要我们想到‘花瓶上有密码’这件事，说不好会去重组花瓶的碎片，甚至联系花瓶的制造商，获知隐藏在花瓶图案中的数字。所以，为了万无一失，‘幽灵鬼’把其他饰品也打碎，甚至把季先生碎尸，让我们的注意力被分散，从而不去特别注意‘花瓶被打碎’这件事。”

曹武和朱心荷总算听懂了，连连点头。

诸葛千诺感叹道：“如果你的推理是正确的，这‘幽灵鬼’可真心思细密呀！”

阮文博点了点头：“的确是呀！‘幽灵鬼’的邪恶智慧，远在我们的正义智慧之上，我能解开这些谜团，纯属侥幸。

“唔，我接着说吧。‘幽灵鬼’的计划，是要杀掉岛上的所有继承者，让继承者们都无法继承季先生的遗产。但是，‘幽灵鬼’怕万一计划进行到一半就被识破，他（她）因此而被捕，那么，剩下那些活着的继承者就能继承遗产了，这违反了‘幽灵鬼’的本意。

“顺便插一句，‘幽灵鬼’这么想，并非杞人忧天。事实证明，他（她）的担心是正确的，因为，现在就出现了这样的情况：他（她）还没杀光所有继承者，却被我识破了杀人计划，他（她）即将被捕，剩下的继承者能顺利继承遗产。

“好吧，我接着说。‘幽灵鬼’毁掉花瓶的理由就在这里。哪怕计划进行到一半就失败了，但剩下的继承者，虽然不用死，但也因无法打开保险箱获取遗嘱而不能继承季先生的财产。

“所以，简单地说，‘杀光所有人’是‘幽灵鬼’的首要计划，而‘毁掉花瓶’则是‘幽灵鬼’的保险计划，这个保险计划让继承者们哪怕逃过一死但也绝对不可能继承遗产。

“此外，‘幽灵鬼’毁掉花瓶还有另一个理由。他（她）怕我们在发现季先生的尸体后，由于恐惧而想方设法离开春泪岛。虽然‘幽灵鬼’切断了我们跟外界的联系，但，如果我们真的想离开，总会有办法的。譬如像你们刚才那样，去燃放烟火发出求救信号，甚至造船离开。一旦我们离岛，‘幽灵鬼’就无法继续实施他（她）的杀人计划了。所以，他（她）毁掉花瓶，让我们暂时无法得知保险箱的第二组密码。

“人是贪婪的，虽然发生了谋杀案，春泪岛危机四伏，但继承者们在还没继承数以亿计的巨额遗产前，是不会轻易离开的吧？‘幽灵鬼’就是捉住大家这个心理，让大家为自己找个借口：‘反正联系被切断了，而且遗嘱又还没拿到，不如先留下来看看情况吧。’于是，大家都不急着离开，自然不会积极思考离岛的办法，而‘幽灵鬼’的杀人计划就能顺利进行下去了。”

“太可怕了！”曹武听到这里，情不自禁地喃喃自语，“我们的一举一动，甚至是心里所想的事情，都在这个‘幽灵鬼’的操控之中。”

“等一下，”朱心荷提出质疑，“阮律师，既然‘幽灵鬼’知道‘花瓶中隐藏着密码’这件事，他（她）为什么不输入密码打开保险箱？他（她）把遗嘱拿出来，直接毁掉，不是更省事吗？”

阮文博笑了笑：“你忘了吗？保险箱有两组密码呢。‘幽灵鬼’只通过花瓶而知道了第二组，但第一组密码，在季先生遇害后，全世界就只有我一个人知道了。‘幽灵鬼’没有第一组密码，自然无法打开保险箱。”

朱心荷点了点头：“原来如此。”

“再顺带一提，”阮文博接着说，“第一组密码的组成相当简单，所以季先生在把密码告诉我之前，也不用担心自己会忘记这组密码。当然，密码虽然简单，但如果他不说出来，那大家也是猜一辈子也猜不到的。”

曹武忽然以极快的速度向朱心荷和诸葛千诺瞥了一眼，有些不安地问：“阮律师呀，你说了这么久，还没说这个‘幽灵鬼’到底是谁呀！”

“其实大家稍微回想一下之前的事情就知道了。”

诸葛千诺皱眉：“什么意思？”

阮文博清了清喉咙：“‘幽灵鬼’以为毁掉花瓶就万无一失，但他（她）万万没有想到，季先生也早就想到‘花瓶有可能被打碎’这件事。季先生以防万一，早就拍下了花瓶的照片，通过那张照片，同样可以看到隐藏在花瓶中的密码。

“当然，季先生也很聪明，除了花瓶，他还拍下了四馆内其他家具和饰品的照片，和花瓶的照片混在一起，这样就没有人能猜到那个花瓶暗藏玄机。

“昨晚我们搜索季先生的卧房时，发现了那沓照片，我还特别注意到拍着花瓶的那张照片，当时‘幽灵鬼’一定非常焦急。离开卧房时，我顺手把那沓照片放在我的口袋里，从那时开始，‘幽灵鬼’就想方设法，想要取回我身上的照片。

“刚才，我被曹管家击晕了。我醒来后，发现我口袋里的那沓照片不见了。我不知道是谁取走了那沓照片。但你们应该知道吧？那个取走照片的人，就是‘幽灵鬼’！”

朱心荷听到这里，两手捂住嘴巴，惊呼道：“这么说……难道……”

“是的！”阮文博的目光突然变得无比锐利，他紧紧地盯着在场的“某个人”，大声说道，“到了现在，你还有什么想说的吗？诸葛千诺……不！现在应该称呼你为——‘幽灵鬼’！”

第九章 诡计

1

阮文博所盯着的“某个人”，正是律师诸葛千诺!

她就是阮文博推理出来的杀人凶手“幽灵鬼”！

“诸、诸葛律师？”曹武失声叫道。

“怎么会是她呀？”

朱心荷也觉得这是不可置信之事。

“错不了！”阮文博表情严肃，语气肯定，“她，诸葛千诺，就是发生在春泪岛上的连续杀人事件的凶手！”

不知怎的，此时此刻阮文博的话语之中带着一股让人信服、不容置疑的力量，曹武和朱心荷听他这么一说，竟不约而同地远离诸葛千诺，一步一步地退到阮文博的身旁。于是，诸葛千诺所站的位置，与站成一排的曹武、朱心荷和阮文博三人形成敌对关系。

诸葛千诺在听阮文博称呼自己为“幽灵鬼”的一刹那，微微一惊，脸上的肌肉狠狠地抽搐了一下，但她随即冷静下来，此刻嘴唇微张，似乎要为自己反驳。

但阮文博没有给她辩解的机会，紧接着说道：“大前天晚上，诸葛千诺驾驶快艇，偷偷上岛，并且通过电话，约季先生到破碎馆见面。来到破碎馆后，季先生用钥匙打开了破碎馆的大门。两人来到破碎馆的休息室时，诸葛千诺杀死了季先生，并且把季先生分尸。最后她把破碎馆的大门上锁，并且驾驶快艇离开春泪岛。这一整个过程神不知鬼不觉。到了昨天下午，她再次以继承者的身份，和我们一同上岛。

“到达主馆后，在大家分头寻找季先生的过程中，诸葛千诺趁大家不注意，把写着‘《春泪岛的惨剧》第一幕’的光盘和破碎馆的钥匙放在大厅的茶几上——视频中那戴着面具的‘幽灵鬼’自然是诸葛千诺本人扮演的，揭开了连续杀人事件的序幕……”

“够了！”诸葛千诺听到这里，终于忍不住打断了滔滔不绝的阮文博，“阮律师，编故事也得适可而止吧？你的推理的确很精彩，但却破绽百出。首先，我跟季先生无冤无仇，我干吧要杀他？还有，你似乎忘记了最重要的一点：小彤被杀的时候，没有时间搬运尸体的我，拥有完美的不在场证明，我怎么可能是凶手？”

朱心荷听诸葛千诺这样一说，回想起当时的情况，也有些动摇了：“的确是呀，当时诸葛律师一直跟我们在一起，可没有搬运小彤尸体的时间。”

“我刚才不是说过了吗？”阮文博从容不迫地说，“这只是利用某种诡计而制造出来的不在场证明。”

“到底是怎么回事呢？”曹武问。

阮文博看了看曹武，说道：“曹管家，你再简单说一下当时的情况吧。”

曹武想了想，再次简述发现段乐彤尸体前后的情形。

“今天凌晨三点左右，我因为听到鞭炮声而来到大厅，看到程先生也在，我们发现茶几上有一台笔记本电脑，打开电脑中的视频文件，‘幽灵鬼’叫我们望向倒置馆，于是我们望过去，看到‘幽灵鬼’和被倒吊的小彤——当时应该已经遇害了吧。随后，朱小姐和诸葛律师也先后来到大厅。接下来，我们四个人一起前往倒置馆，却发现‘幽灵鬼’和小彤的尸体都不见了。我们再跟着地上的血迹和拖动痕迹找到海边，终于发现了小彤的尸体。”

阮文博点了点头：“你说得很详细，谢谢。”

诸葛千诺顺势问道：“曹管家，在你们看到‘幽灵鬼’和被倒吊的小彤后，我过了多久来到大厅？”

曹武想了想：“大概是一分多钟吧，你跟朱小姐来到大厅的时间差不多。”

朱心荷也点了点头：“当时我来到大厅没多久，诸葛律师也来了。”

诸葛千诺满意地点了点头，向阮文博瞥了一眼，讥讽道：“怎么样，大侦探？难道你认为一分多钟的时间足够我把小彤的尸体从倒置馆拖到海边，然后我再回到主馆，出现在大家面前？”

“那不可能吧？”曹武说道。

“是的，一分多钟的时间的确不足够搬运尸体。”阮文博说。

朱心荷不解：“那你又说她是……”

阮文博吸了口气：“可是，如果小彤的尸体本来就在海滩上，那又另当别论了。”

“什么？本来就在海滩上？”曹武这回的反应也不慢，心念电转，问道，“那我和程先生所看到的被倒吊在倒置馆的房间里的尸体是谁？”

阮文博指着诸葛千诺：“那不是尸体！那是诸葛千诺本人！”

2

“啊？”

曹武和朱心荷齐声惊呼。

“等、等一下呀！”

朱心荷紧接着说道。她已经跟上了阮文博的思维了："如果那被倒吊的'尸体'是诸葛律师本人，那么曹管家和程东昊所看到的戴着面具的'幽灵鬼'又是谁呢？"

"那不是人。"阮文博淡淡地答道。

"不是人？"朱心荷不解，"难道是鬼呀？"

阮文博笑了笑："那只是一个人偶模特，就是放置在错位馆中那一百多个人偶模特的其中一个。"

"啊！"

曹武和朱心荷再次惊呼。

"这么说，当时那'幽灵鬼'好像真的没动，就站在那儿。"曹武紧接着说道。

诸葛千诺面如土色，没有说话。

阮文博见她无话可说，脸上不禁露出胜利的笑容，只见他深深地吸了口气，再次展开推理。

"我就从头说起吧。第二宗案件，死者是小彤，案发现场是主馆南面的倒置馆，后来被移尸至倒置馆附近的海滩。这宗案件最大的疑点是：诸葛千诺为什么要让我们看到被倒吊起来的'尸体'以及把倒置馆内的所有物品倒放呢？

"她这样做的原因有两个：第一，与第一宗凶杀案保持连贯性。如果只是在季先生被杀一案中出现了'破碎'主题，而后面的凶案现场却平平无奇，我们就会更加深入地思考季先生被肢解的原因，最终有可能发现花瓶的秘密。所以，诸葛千诺让几宗凶案都跟春泪岛四馆的主题有关，使我们认为凶手只是在执着地完成某种仪式什么的，从而弱化了'破碎'和'倒置'的真正理由。

“第二，利用‘倒置’为自己制造不在场证明！详细情况是这样的：昨天晚上，大家回房后，诸葛千诺到小彤的房间找她，把她叫到房外，大概这样跟她说：‘我知道季先生那保险箱的第二组密码在倒置馆的某个地方，而且我弄到了倒置馆的钥匙，但我对那里不熟悉，我们入夜后一起过去看看吧，找到密码后我们两个抢先看看遗嘱的内容。’小彤答应了。

“小彤为什么会答应呢？而且还敢一个人赴约？原因一，她的思想比较单纯，没有怀疑过诸葛千诺就是杀死季先生的凶手；原因二，当我们重返破碎馆，发现季先生的头颅离奇消失之后，诸葛千诺抓紧机会说：‘这样看来，杀人凶手“幽灵鬼”并不在我们六个人当中，因为，刚才离开破碎馆后，我们六个人一直都是一起行动的，谁也没有时间带走季先生的头颅。’因为这句话，小彤确信凶手来自外部，所以放心跟诸葛千诺一起行动。

“诸葛千诺跟小彤约定的时间大概是深夜两点左右。出发前往倒置馆前，诸葛千诺先把拷贝了‘《春泪岛的惨剧》第二幕’视频文件的笔记本放在主馆大厅的茶几上，并且在四周围了一圈鞭炮，最后还安装了一个定时点燃鞭炮引线的简易装置——大概是用蚊香制作的吧。她此前经过多次试验，算好了蚊香的长度，保证鞭炮的引线在三点整被点燃。茶几上残留的蚊香灰烬，就是这个装置曾经存在的最好证据。

“随后，诸葛千诺在倒置馆的大门处跟小彤见面，诸葛千诺用钥匙打开了倒置馆的大门，两人走进倒置馆后，诸葛千诺杀死了毫无防备的小彤，并且把小彤的尸体拖动到倒置馆南面不远处的海滩。在这一过程中，她故意在地上留下血迹和拖动痕迹，方便我们循迹来到海滩，发现小彤的尸体。

“然后，诸葛千诺回到倒置馆，让一个人偶模特——那是从错位馆中拿过来的——穿上黑色长袍，并且戴上一个把头部完全遮盖住的幽灵鬼面具，伪装成杀人凶手‘幽灵鬼’。最后，在三点前数分钟，诸葛千诺让自己倒立，把双脚穿过挂在天花板的绳子，一动也不动，伪装成被倒吊的尸体。我想，她以前应该练习过体操，身体非常柔软，所以能轻而易举地倒立。

“在此有几个问题需要说明一下：第一，诸葛千诺为什么在杀死小彤后，帮她换上一件T恤？因为在这个诡计中，诸葛千诺要伪装成小彤的尸体，可是她没有另一套跟小彤所穿的衣服所一样的服饰，所以只好给小彤换上一件新的T恤。她一共准备了两件一模一样的T恤，其中一件穿在小彤的尸体上，另一件则穿在自己身上。她故意挑选一件图案为倒置的T恤，只是为了强化‘倒置’这个主题，从而弱化她为小彤换衣服这件事，隐藏换衣服的真正理由——为替换诡计服务。

“第二，把‘小彤的尸体’倒置，是这个替换诡计的核心原理。因为，如果倒吊起来，把衣服的领子稍微往下拉，就能遮住被倒吊者的面容，如此一来，远在主馆的你们就无法发现，被倒吊的并不是小彤的尸体，而是一个跟小彤一样留着黑色长发的活人。

“你们注意到了吗？诸葛千诺明明是长头发的，为什么要扎起头发呢？不是因为这样好看，而是她不想我们特别注意到她跟小彤一样都是长头发的！如果我们注意到这个状况，或许就会联想到调换诡计。

“此外，为了弱化‘倒置’的理由，诸葛千诺在此前还把倒置馆内的所有家具和饰品全部倒放了，反正倒置馆的大门被上锁，我们不能提前进入，无法提前发现她的这些事前准备。

“第一宗凶案，‘破碎’的理由是隐藏花瓶上的密码；第二宗凶案，‘倒置’的理由是实施替换诡计，制造不在场证明。‘季先生的尸体被肢解’这一状况，弱化了‘被打碎的花瓶’的存在感；而‘倒置馆的家具被倒放’这一状况，也弱化了‘死者被倒吊’这件事。与此同时，两宗凶案的作案手法，都以四馆的名字作为主题，两者相互作用，再次弱化了‘破碎’和‘倒置’的真正理由。”

阮文博一口气说到这里，唇干口燥，稍微停顿了一下，轻轻地舔了舔嘴唇。

3

面对这无懈可击的推理，曹武和朱心荷都被折服了。只听曹武喃喃地道：“把所有事情都计算到了，这真是一个周密而可怕的计划！”

“就是呀！好恐怖！”朱心荷感叹。

诸葛千诺一语不发。

阮文博朝她瞥了一眼，深深地吸了口气，接着推理。

“深夜三点整，鞭炮准时被点燃，曹管家和程东昊被鞭炮声先后引到主馆大厅。看完笔记本的视频文件后，他俩通过主馆大厅的窗户望向倒置馆，看到了在倒置馆内的、把自己倒挂起来的诸葛千诺和戴着幽灵鬼面具的人偶模特。当然，由于诸葛千诺的诡计，他俩以为那是被倒吊的女子尸体以及杀人凶手‘幽灵鬼’。

“诸葛千诺算好时间，当她认为身处主馆的人已经看到她和人偶模特后，立即把房间的灯关闭。小彤被杀的那个房间的灯具，可用墙壁上的开关控制，也可用遥控器控制。当时诸葛千诺就把遥控器握在手里，只要轻轻一按，就能关灯。

“接下来，诸葛千诺立即跳下来，并且把人偶模特带走，暂时藏在倒置馆内某个隐蔽的地方。由于人偶模特很轻，要带走非常容易，所以诸葛千诺和人偶模特，绝对可以在十秒内消失于这个房间之中。

“最后，诸葛千诺脱掉那件跟小彤的尸体所穿的一模一样的T恤，穿回自己的衣服，并且重新扎起头发，赶回主馆，出现在大家眼前。主馆和倒置馆的距离只有短短几十米，诸葛千诺要回到主馆，三十秒就够了。刚才曹管家说，在看到倒置馆内的‘幽灵鬼’后的一分多钟诸葛千诺才出现。一分多钟的时间，绝对足够诸葛千诺把人偶模特藏起并且回到主馆来了。

“其后，当我们在海边发现小彤的尸体时，受她所穿的T恤影响，会认为曹管家和程东昊刚才所看到的那个被倒吊在倒置馆内的女人就是小彤，于是得出一个错误的结论：‘凶手在曹管家和程东昊看到凶手及死者后，才把死者从倒置馆拖动到海滩。’而诸葛千诺也因为没有搬运尸体的时间而拥有了不在场证明。我们都陷入诸葛千诺所设的诡计中，没有想到小彤的尸体早就在海边。”

阮文博说到这里，暂时停了下来，一脸严肃地看着诸葛千诺。他的推断合情合理，甚至可以用天衣无缝来形容，这让曹武和朱心荷也确信了诸葛千诺就是“幽灵鬼”。

众人在紧张的气氛中沉默了数十秒，忽听诸葛千诺淡淡地说：“阮律师，你的推测再精彩，但也只是推测。证据呢？你有什么证据能证明当时曹管家和程东昊所看到的，不是小彤的尸体，而是凶手本人？如果你无法证明这一点，那么我的不在场证明还是成立的哟。”

“证据？”阮文博嘴角一扬，微微一笑，胸有成竹地说，“我当然有证据。”

4

霎时间，诸葛千诺脸色大变。

但她强迫自己马上冷静下来，淡淡地说："是吗？愿闻其详。"

阮文博微微地扭动了一下脖子，有条不紊地说道："你们昨天有留意到吗？小彤的手腕上带着一块白色的手表，那是Swatch的白雪公主。本来我也忘记了这个细节，但刚才，当我们用小彤的笔记本打开第三张光盘时，我再次看到电脑桌面背景中的那块白色的Swatch手表，突然心中一震，隐隐约约觉得哪里不对劲，后来再认真一想，才知道真的内有乾坤。"

"那块手表到底有什么乾坤呀？"曹武问道。

阮文博一语道出关键："程东昊所拍的那段视频中，被倒吊的'尸体'，两手光溜溜的，根本没有戴手表，但后来我们在海滩发现的小彤的尸体，是有戴手表的——就是那块白雪公主，这就说明倒置馆内那被倒吊的'尸体'，并不是小彤！"

诸葛千诺不屑地说："那段视频中的尸体没戴手表吗？是你看错了吧？"

曹武脱口说道："拿程先生的手机再看看不就知道了吗？"

"没用的，"阮文博摇了摇头，"大家发现小彤的尸体后，诸葛千诺看到小彤手腕上的手表，立即意识到自己犯下严重的失误。所以，她杀死程东昊后，就把他的手机拿走了，让我们再也无法看到那段视频。"

诸葛千诺冷笑一声："口说无凭哟！我可记得视频中的尸体是戴着白色手表的。要不我们去程东昊的尸体那里找找他的手机吧？"

阮文博白了诸葛千诺一眼，不慌不忙地说："你不用得意，你以为把手机拿走了，把视频删除了就万无一失了吗？你错了！你知道吗？作为资深推理漫画迷的我，既然在上天的安排下遇上连续杀人事件，早已暗下决心要像漫画中的侦探那样，通过推理揪出凶手，所以当然要把所有关键线索反复研究。

“今天凌晨，当我来到海边跟你们会合之后，我要求程东昊把他所拍下的视频给我看，他就把他的手机交给了我。为了方便反复研究这个重要的线索，我在你们讨论小彤之死的时候，利用手机的红外线功能，把这段视频传送到我自己的手机来了。如果大家想要看清楚到底视频中那被倒吊的女子手腕上有没有戴手表，我现在就可以让大家看看哦。”

诸葛千诺面容扭曲，脸上露出绝望的神情。

而阮文博则真的掏出了自己的手机，打开程东昊所拍的那段只有一秒的视频，并按下暂停键。曹武和朱心荷把脑袋凑过来一看，虽然画面不太清晰，但可隐隐约约地看到，那被倒吊的女子手腕上，的确没有戴手表。

“真的没有呀！”朱心荷说。

阮文博向诸葛千诺望了一眼：“怎么样？现在你无话可说了吧？”

没想到诸葛千诺却还没放弃辩解：“那会不会是小彤被杀的时候，根本就没有戴手表的？你真的记得小彤的尸体上戴着手表吗？要不我们现在到海滩去看看？”

阮文博微微一怔，说道：“哼，你在发现自己的这个失误后，肯定在前往错位馆杀死程东昊前，先到海边把小彤尸体上的手表给拿走了。”

诸葛千诺狡黠地笑了笑：“现在谁能证明小彤的尸体上戴着手表呀？如果不能证明这点，你同样无法证明倒置馆里被倒吊的女子不是小彤！”

这一回，阮文博有些为难了，支吾道：“这……”

幸好朱心荷抢着说：“我能证明！我清楚地记得，在发现小彤的尸体时，她的手腕上的确是戴着一块白色的手表的，而且表面是已经被打碎了的。”

她顿了顿，接着又说：“对了！我记起来啦！刚才我们三个去海滩燃放烟火，我发现小彤尸体上的手表不见了，我说：‘之前小彤的手上好像戴着一块白色的手表的，现在怎么不见了？’我刚说完，诸葛千诺就大声说她的手机有信号，还装模作样地说要拨打110报警，现在想来，她的手机根本没有信号，她这是在转移我和曹管家的视线，让我们不再思考跟手表有关的事。”

诸葛千诺紧紧皱眉，重重地“哼”了一声，总算暂时不再辩解了。

这让阮文博暗自捏了一把汗，心道：“好险，差点就推理不下去了。推理漫画中的凶手都十分听话，在侦探说完自己的推理后，乖乖认罪，没想到现实中的凶手这么难缠呀！”

5

接下来又是一阵沉默。

曹武和朱心荷都在消化阮文博的推理。

过了数分钟，才听曹武打破沉默：“阮律师，那么，程东昊呢？”

阮文博也吸了口气，再次展开推理：“最后我要说的是第三宗案件，死者是程东昊，案发现场是错位馆。这宗案件最大的疑点就是：明明是在错位馆里，为什么死者程东昊的尸体，却不是‘错位’状态，而是‘缺失’状态呢？

“这次我就按时间顺序从头说起吧：发现小彤的尸体后，大家回到主馆，回房之前，诸葛千诺叮嘱大家要把房门上锁，并且在天亮之前尽量不要离开自己的房间。她为什么要这样说呢？她不是担心大家的安危，而是因为接下来她还要离开主馆，去处理前两宗凶案的一些善后工作。如果她的行动被人发现了，那么她的凶手身份就会被揭穿，所以她提醒大家不要离房，其实是为了方便自己的行动。

“可是人算不如天算，程东昊或许因为睡不着，也或许想去找其他人，反正他离开了自己的房间，并且无意中发现诸葛千诺偷偷离开主馆。程东昊觉得很奇怪，于是悄悄跟踪诸葛千诺。他看到诸葛千诺首先来到海滩，取走了小彤尸体上的手表——现在我们都知道她这样做是为了弥补自己的失误，随后重返倒置馆，把伪装成‘幽灵鬼’的人偶模特拿出来，脱掉黑袍和面具，并且把那人偶模特带到错位馆归还。

“来到错位馆后，她把那人偶模特手脚的位置对调，再放到那堆人偶模特里。当时在错位馆里的其他人偶模特，手脚早已处于‘错位’状态，这些事情，诸葛千诺是在昨天之前偷偷上岛的时候准备好的，反正我们没有错位馆的钥匙，无法提前进入。

“诸葛千诺本来打算今天才杀第三个人的，并且把那个人的尸体带到错位馆，把他（她）肢解，把四肢的位置对调，让他（她）的手脚处于‘错位’状态。这次的‘错位’不再是为了掩饰什么东西了，只是单纯地跟此前第一宗谋杀案的‘破碎’主题和第二宗谋杀案的‘倒置’主题保持连贯性，再次弱化‘破碎’和‘倒置’的动机。

“或许你们会问，季先生和小彤被杀死了，大家都提高了警惕，诸葛千诺接下来的杀人计划不是难以进行吗？的确是这样。而诸葛千诺也早就计算到这种状况，并且想好了应对措施。这个应对措施就是在杀死小彤的时候，利用调换诡计为自己制造不在场证明。因为她拥有不在场证明，大家都不会认为她是‘幽灵鬼’，所以她接下来的杀人计划便能顺利进行。

“诸葛千诺本来打算杀死所有继承者，甚至连我这样的局外人也不会放过，制造一个无人生还的局面，最后逃之夭夭。所以，其实她的不在场证明是没有传统上的意义的。

“一般凶手制造不在场证明，是为了让警方无法把自己定罪，而诸葛千诺制造不在场证明，则是为了在杀人计划进行的过程中，让大家对她放下戒心，方便她的计划顺利完成而已。

“大家可以回想一下，此前诸葛千诺多次强调‘杀人凶手不在我们这些人当中’。譬如在发现季先生的头部失踪后，她就立即说‘幽灵鬼’来自外部，也因此骗了小彤到倒置馆跟她单独见面。

“还有，第一次发现陈强的踪影并且随后在山洞找到季先生的头颅时，诸葛千诺又说陈强应该是‘幽灵鬼’。

“此外，曹管家和程东昊看到倒置馆的‘尸体’和‘凶手’后，诸葛千诺迫不及待地为自己澄清，说自己和朱心荷没有搬运尸体的时间，不可能是凶手，加深众人对‘诸葛千诺绝非杀人凶手’这一印象。

“最后，刚才我被曹管家击晕以后，我猜想提议把我捆绑起来的人，也是诸葛千诺，对吧？她这样做，是为了让曹管家和朱心荷深信‘幽灵鬼’已经被制伏，从而放松警惕，方便她动手杀下一个人，与此同时，我被五花大绑，她要杀我也易如反掌……”

朱心荷听到这里忍不住打断了阮文博的推理。

“你说得很对！的确是诸葛千诺提议把你绑起来的！”

阮文博满意地点了点头，长长地吸了口气：“不好意思，不知不觉扯远了，我们继续来说第三宗谋杀案吧。”

6

众人静静地聆听。

“程东昊看到诸葛千诺取走手表和归还人偶，猜到诸葛千诺就是凶手‘幽灵鬼’。就当他想逃回主馆把‘幽灵鬼’的身份告知我们时，却不幸被诸葛千诺发现了。

“诸葛千诺拿着一把钝器重击程东昊的头部，程东昊因此受伤。但他还是忍着疼痛没命地逃跑，最后惊慌失措地逃进了错位馆的一个杂物房。

“诸葛千诺追进来，把他逼到墙角，他不仅无路可逃，而且精力耗尽，无法反抗。最后，诸葛千诺用那钝器连续重击程东昊的头部，把他杀死。

“对于诸葛千诺来说，这是计划以外的杀人，动机除了原来的‘杀光所有继承者’外，还有‘通过对知情者灭口而保证接下来的杀人计划不被打断’。

“可是在杀死程东昊后，诸葛千诺却发现程东昊竟然在死前用右手食指沾上了自己头部的血，并且在墙角留下血字。那是程东昊的死亡留言，内容应该是诸葛千诺的名字。他想告诉我们，杀人凶手就是诸葛千诺。

“我为什么会知道当时的情况呢？因为我在观察程东昊的尸体时，发现他右手的食指上沾满了鲜血。

“错位馆杂物室的墙壁所用的涂料是油漆，一旦脏了，很难清洗。所以，虽然诸葛千诺发现了墙上的死亡留言，但却无法把这些血字擦掉。

“当时她一定非常慌张，情急之下，他把程东昊的尸体拖到墙边，让他的喉咙对着墙上的血字，并且用刀子来回切割他的喉咙。程东昊因为颈动脉被割断而大量失血，喷溅出来的血液逐渐掩盖了墙上的死亡留言。

“怎知那刀子十分锋利，诸葛千诺在紧张之下又用力过猛，最后血字虽然被成功掩盖，但她竟把程东昊整颗脑袋给割了下来，程东昊的尸体因此成为‘缺失’状态。

“割下程东昊的脑袋，绝非诸葛千诺的本意。她杀第一个人选择主馆东面的破碎馆，杀第二个人选择南面的倒置馆，杀第三个人本来打算选择西面的错位馆，让尸体呈现‘错位’状态，怎知阴差阳错地，提前杀死了第三个人，还让尸体呈现‘缺失’状态。

“事实上，诸葛千诺虽然割下了程东昊的脑袋，但她接下来还可以切下程东昊的四肢，把手脚位置互换，这样也能勉强符合‘错位’的主题，只是‘脑袋被割下’这个状况会让我们稍微觉得有些奇怪而已。

“可是，诸葛千诺没有时间做这些事。因为，她刚把血字掩盖住，已到清晨时分，我们已经陆续起床了。她知道，如果再不赶回主馆，就会被我们怀疑，所以拿走程东昊的手机，丢下程东昊的尸体，匆匆回到主馆。

“在发现程东昊的尸体时，我曾经说，季先生的尸体被‘破碎’，小彤的尸体被‘倒置’，但死在错位馆的程东昊的尸体却不是被‘错位’而是被‘缺失’，是凶手弄错了，还是有非这样做不可的理由？现在我们终于知道了，诸葛千诺这样做，仅仅是因为掩盖血字时无意中造成尸体‘缺失’，而其后又没有时间去‘错位’。

“回到主馆后，诸葛千诺先把‘《春泪岛的惨剧》第三幕’的光盘放到饭厅，随后才来到大厅跟我和朱心荷会合。心荷，你可以回忆一下，当诸葛千诺出现的时候，脸色苍白，额头上还渗出汗珠。当时我问她怎么了，她说因为做噩梦，睡不好。事实上，那是因为她刚从错位馆赶回来，还没缓过气。

“噢，对了，还有一件事，虽然时间匆忙，但诸葛千诺离开错位馆前，却没有忘记把我的那支毕加索钢笔丢在现场。你们还记得吗？昨天晚上我们在主馆讨论季先生的遗产分配问题，我拿出钢笔在纸上画图说明，后来说到季先生的遗产有可能收归国库时，程东昊十分激动，抢走我手中的记事本，而我的钢笔也因此掉落在地。当时我忘了捡回钢笔，而诸葛千诺就注意到这个细节，并且在我们离开后，找机会回来捡走了我的钢笔，准备在适当的时候把我的钢笔丢在凶案现场，把杀人的罪名嫁祸于我……”

“等一下呀！”朱心荷打断了阮文博的推理，“你刚才说，诸葛千诺知道我们起床了，所以才赶回主馆。当时身处错位馆的她，为什么会知道我们已经起床了？”

阮文博清了清喉咙：“因为，为了监视我们的一举一动，方便她随机应变地实施杀人计划，她早已在主馆的大厅安装了监听器。她当时虽然身处错位馆，但通过监听器听到我跟你在大厅谈话，所以马上赶回来。”

阮文博说罢，从口袋里取出一枚监听器接收器，解释道：“这个监听器，我已经找到了，就在茶几的其中一条腿上。这是一枚加装了电波发射器的监听器，可以实现无线监听。”

曹武和朱心荷见阮文博的推理不光是夸夸其谈，还有实质证据支持，不禁连连点头。

至于诸葛千诺，不知何时低下了头，让众人无法看到她的表情。

阮文博接着说：“当大家发现程东昊尸体旁边的钢笔从而怀疑我是‘幽灵鬼’的时候，诸葛千诺就提议把我捆绑，这样一来，我就成了她的俎上之肉，她随时都可以取我性命。而曹管家和朱心荷，一来因为人数比较少，二来因为放松了警惕，也很容易遭到诸葛千诺毒手。

“幸好，在诸葛千诺杀死第四个人之前，我就利用推理，识破了她的计划！哈哈哈！诸葛千诺，邪恶终究是不能战胜正义的哦……”

“够啦！”

诸葛千诺突然抬起头，稍微有些激动地吼道：“阮文博，你说够了没有？胡说八道！鬼话连篇！我再说一遍，我跟季先生没有仇怨，他甚至还把遗产分给我，我干吗要杀死他？”

阮文博吸了口气，盯着诸葛千诺的脸，正色道：“是的，诸葛千诺的确跟季先生没有仇怨，没有杀死季先生的动机，但……”

他说到这里顿了顿，一字一字地说：“你真的是诸葛千诺吗？”

第十章　恩怨

1

一听到阮文博的这句话，诸葛千诺霎时间面如死灰，全身也不由自主地抖动起来。

朱心荷搔了搔脑袋："她不是诸葛千诺？什么意思呀？"

曹武也一脸疑惑。

阮文博舔了舔嘴唇，朗声道："诸葛律师，现在你可以出来了。"

曹武和朱心荷"咦"的一声，两人都还没反应过来，只见一个人从段乐彤的房间走出来，来到大厅。

那是一个二十四五岁的女子，短碎发，瓜子脸，乌黑的头发紧贴着头部，便如千万圆滑的曲线，她容色清秀，淡雅宜人，予人一种平和舒服的感觉。

诸葛千诺一看到这个短发女子走出来，大吃一惊，连声音也颤抖了："你……你……为什么……"

短发女子轻轻一笑，淡淡地说："没想到我还活着吧？冒牌诸葛千诺。"

曹武也微微一怔，向那短发女子问道："你是谁？为什么会在小彤的房间里？"

短发女子尚未回答，阮文博已替她答道："曹管家，她就是真正的诸葛千诺大律师。"

"那她呢？"

曹武一边说一边向诸葛千诺——现在或许该称呼她为"冒牌诸葛千

诺”了——望去，满脸疑惑不解。

“她根本不是诸葛千诺，”阮文博朝冒牌诸葛千诺瞥了一眼，“她只是冒充了诸葛千诺的身份。”

曹武被弄糊涂了，皱了皱眉，又向那短发女子——真正的诸葛千诺——问道：“你是什么时候来到春泪岛的？为什么你会在小彤的房间里？”

诸葛千诺清了清嗓子，说道：“我是前天晚上过来的。”

“到底是怎么回事呀？”

朱心荷也完全摸不着头脑。

“诸葛律师，要不你从头说起吧。”阮文博提议道。

诸葛千诺点了点头，深深地吸了口气，开始叙述自己的经历。

2

“一周前，我收到了季先生的邀请信及那个刻着‘春泪岛贵宾’的胸章，接着小彤还通过QQ告诉我季先生患了肝癌，时日无多，打算把遗产分给一些帮助过他的人等事。这让我在接下来的几天心情都十分复杂，但复杂之中又带着些许期待，期待着跟季先生叙旧，期待着跟认识了几年但从来没有见过面的小彤的第一次见面。

“出发前一天，即前天，下午我外出了，回家的时候，觉得背后好像有人在监视我，但我回头一看，身后却什么也没有。我以为是自己多疑，转过身子，打开大门，刚走进家中，却忽然被人从后面用手帕捂住我的鼻子和嘴巴。那手帕上大概沾有麻醉药，我在毫无防备的情况下吸了两口，只觉得脑袋一阵昏厥，紧接着眼皮下垂，就此失去了意识。

“等我醒来的时候，发现我被放置在我家的浴缸里，背部朝上，脸朝下。那浴缸是放满了水的，我整个人就泡在水里，鼻子和嘴巴都在水中。

“当时我的喉咙强烈痉挛，已经无法呼吸，而且腹部膨胀，非常难受。此外，我只清醒了几秒，意识又模糊起来，马上又要不省人事了。我想要挣扎，却发现自己的手脚都被封箱胶带之类的东西紧紧捆绑着，整个人都无法动弹。

“我知道只要我再晕过去，那是必死无疑的了。我的求生意志十分强烈，我决不能让自己这样莫名其妙地丢掉性命。于是我咬着牙，耗尽九牛二虎之力，用牙齿把浴缸的水塞拔掉。最后我成功了，水塞被拔掉，浴缸里的水都流走了，我也因此捡回了性命。

“随后我艰难地挪动身体，离开浴缸，好不容易拿到放在洗手盘旁边的剪刀，剪掉了手脚上的封箱胶带，成功自救。

“虽然脱离了危险，但或许是在冷水中浸泡了很久的缘故，我只觉得头昏脑涨，大概是患上了风寒感冒。

“但我总算安全了，于是我开始思考袭击我并且试图杀死我的人是谁，他（她）要杀我的动机是什么。开始我以为是自己在某宗官司中得罪了人，招来杀身之祸，直到我发现放在季先生寄给我的邀请信中的那个刻着‘春泪岛贵宾’的胸章不见了以后，我才有些眉目：袭击我的人或许是想冒充我诸葛千诺这个身份，到春泪岛去继承遗产。

“事实上，要冒充我的确不难。首先，其他继承者都不认识我，其次，负责接待继承者的阮律师也没见过我，甚至是住在春泪岛上的曹管家，也不知道我是什么样子。除了季先生本人见过我以外，跟我认识的就只有季先生的助手段乐彤了。

“不过小彤跟我也只是网友关系，我们没有见过面，甚至没有通过电话，她不知道我的长相和声音。

“冒牌诸葛千诺一定早就调查清楚这些事，所以她才敢戴上我的胸章，在指定的时间来到码头，向阮律师等人自报‘诸葛千诺’这个名字，大胆地冒充我的身份。”

诸葛千诺说到这里，向冒牌诸葛千诺看了一眼，一脸淡然。

冒牌诸葛千诺此时知道大势已去，一切已成定局，反而平静下来，微微地抬起头，仰望着天花板，怔怔出神，若有所思。

诸葛千诺舔了舔嘴唇，接着叙述事情的始末：“可是这里有一个问题，那就是季先生是认识我的，冒牌诸葛千诺来到岛上，肯定会被季先生拆穿。她要冒充我，首先要做的就是囚禁季先生，或者直接把他杀死！

“我一想到这点，担心季先生的安危，立即拨打季先生卧房的电话，想要提醒他小心，可是电话却没人接听。

“于是我又打电话到小彤的卧房。小彤接通了电话——这是我第一次跟小彤通电话，我报上姓名，并且说想找季先生。小彤告诉我，季先生从当天上午开始就失踪了。

“现在我们都知道了，季先生在大前天晚上就被偷偷上岛的冒牌诸葛千诺杀死了，尸体被安置在上锁的破碎馆中。

“当时我并不知道这些，因为担心季先生的安危，决定尽快上岛。虽然当时我身体发热，全身乏力，但还是带上早就收拾好的背包，乘车来到L市码头，租了一艘快艇，还雇用了一名驾驶员，连夜来到春泪岛。

“我本来就患了感冒，在乘坐快艇前往春泪岛的途中又吹了海风，所以来到岛上时，发起高烧，几乎晕倒。幸好我在电话里早已通知小彤到海边接我。否则我一个人根本无法走到主馆去。

“那驾驶员离开后，小彤搀扶着我来到主馆，把我安置在她的房间中。当时曹管家已经睡了，所以不知道我上岛的事。

“从那时起，直到今天上午，这两天两夜，我都待在小彤的房间里，没有出来。反正房间里有洗手间，也有饮用水。

“再说那晚来到小彤的房间后，我已病得非常严重。我一边把我帮小彤买的、早就放在背包里的Swatch手表交给她——没想到后来这手表成了破案的重要线索，一边迷迷糊糊地对她说：‘有人冒充我。暂时不要让别人知道我在岛上。帮我看看那个冒充我的人到底想干什么。’说完这句话，我再也坚持不住，晕了过去。”

诸葛千诺说罢，稍微停了下来，微微地吁了口气，咽了口唾沫。

曹武恍然大悟，一拍脑袋，朗声道：“我知道啦！小彤拜托我煎药，原来是给你喝的。我就说嘛，瞧小彤的气色，根本不像是感冒了。”

他顿了顿，接着又说：“其实我早就觉得奇怪了，小彤以前说过，她跟帮季先生打官司的那位诸葛律师是网友，可是昨天小彤跟‘诸葛千诺’见面的时候，大家却没有打招呼，就像从来不认识一样。原来呀，当时小彤已经知道那个‘诸葛千诺’是假的……”

“啊？这么说，我也记起来啦！”朱心荷打断了曹武的话，“那时曹管家说把药煎好后送到小彤的房间，小彤好像有些紧张，说自己到厨房取就行，她一定是因为记着诸葛律师‘暂时不要让别人知道我在岛上’这句话，怕曹管家发现房间里的诸葛律师。”

诸葛千诺叹了一口长气，幽幽地说：“小彤关心我，处处为我着想，我却害她丢了性命。”

阮文博“咦”的一声，奇道：“此话怎说？”

“难道不是吗？”

诸葛千诺一脸难过，稍微定了定神，吸了口气，才接着说下去。

“虽然小彤把曹管家煎好的药拿到房间来了，但我由于发高烧，昏迷不醒，一直没有喝那碗药，而小彤也一直没有机会告诉我发现了季先生的尸体这件事。

“所以，那时我还不知道那个假冒我的人，冒充我的目的不是继承遗产，而是杀人，我还不知道岛上已经危险到这种地步。

“如果我知道了季先生被杀这件事，马上就能推断出那冒充者是杀人凶手，一定会提醒小彤小心，甚至让小彤在众人面前揭穿她的身份，阻止她的杀人计划。

“小彤思想单纯，即使是发现了季先生的尸体，但她也没有想过冒牌诸葛千诺是凶手，甚至还深信冒牌诸葛千诺所说的‘杀人凶手来自外部’这个观点。当冒牌诸葛千诺约她深夜到倒置馆的时候，她竟赴约了。

“冒牌诸葛千诺或者真的利用遗产来引诱小彤到倒置馆，但小彤之所以赴约，应该不是为了遗产，而是因为我在昏迷前跟她说过‘帮我看看那个冒充我的人到底想干什么’这样的话。当时小彤想：‘反正杀人凶手来自外部，这个冒牌货不会有什么危险，我就跟她去看看她的葫芦里卖什么药。’结果却不幸遇害。”

她说到这里，又叹了口气。

3

就在诸葛千诺黯然神伤的时候，阮文博接着她的话说道：“诸葛律师卧病在床一天一夜，期间虽然也有起床喝水和上洗手间，但都在神志模糊的情况下进行，她根本不知道我们昨天傍晚来到岛上，更不知道昨天深夜岛上发生了连续杀人事件。

“直到今天清晨，诸葛律师病情好转，才走出房间，想要找小彤，结果却发现被五花大绑的我——当时我已经醒了过来。

“我向诸葛律师表明身份，她判断我没有撒谎，帮我松绑。随后，我把昨天晚上和今天凌晨在春泪岛上发生的所有事情，详详细细地告诉了她。

“她知道季先生和小彤遇害后，非常难过，决心要找出凶手‘幽灵鬼’。她向我问了几个关于连续杀人事件的细节问题，最后根据我提供的线索，利用推理还原了真相。哈哈，‘神话律师’果然名不虚传呀！

“我根据诸葛律师的推理对主馆大厅进行地毯式搜索，果然找到了一个监听器的接收器。当时冒牌诸葛千诺跟曹管家和心荷在一起，不方便戴耳机监听大厅的情况——而且她觉得也没必要，所以她完全没有听到我和诸葛律师的谈话。

“接下来我俩要做的，就是等你们从海滩回来后，揭穿冒牌诸葛千诺的凶手身份，以及说明连续杀人事件的真相。

“由于我非常喜欢《金田一少年事件簿》等推理漫画，很想在现实中当一回侦探，过过破案瘾。难得遇上这样的机会，我当然不能错过。虽然推理出案件真相的并非我，但我还是厚着脸皮拜托诸葛律师，让我来在众人面前说出真相。诸葛律师欣然答允。哈哈，刚才大家认真聆听我的推理时，我实在是超爽呀！

“对了，补充一下，在等待你们回来的时候，诸葛律师说要联系外界，请求援助。我跟她说了机房爆炸的事。她说，根据她的推理，此前冒牌诸葛千诺偷偷潜入了主馆，在机房的卫星信号转换器上安装了一枚可远程操控的小型炸弹。昨晚，在我们发现季先生的尸体并且返回主馆打算报警时，她就利用放在口袋里的遥控器引爆炸弹，炸毁信号转换器，切断我们跟外界的联系。

“诸葛律师知道我以前学过电子工程后，问我能不能把那转换器维修好。我说可以试试。没想到，还真让我给暂时修好了。如果我没有转行当律师，说不准现在已经是一名高级电子工程师了，哈哈。

“不好意思，扯远了。信号转换器维修好以后，诸葛律师利用主馆的卫星电话联系了她的一位名叫慕容思炫的朋友。她告诉她的朋友她被困春泪岛及岛上发生了杀人事件后，电话就掉线了，这回那转换器是彻底报废了。但我想，她那位名叫慕容思炫的朋友应该已经知道了岛上发生的事，会马上报警让警察前来援助。

“以上就是你们把我制伏并且离开主馆后所发生的事。那么，现在，冒牌诸葛千诺，你还有什么想说的吗？”

冒牌诸葛千诺向阮文博看了一眼，摇了摇头，苦笑道：“你们都说得那么详细了，我还能说些什么？”

曹武厉声问：“老爷和小彤，真的是你杀死的？”

“是的，”冒牌诸葛千诺冷冷地道，“此外还有程东昊。”

“你为什么要这样做呀？”曹武怒道，“你到底是谁？”

“我是谁？”冒牌诸葛千诺顿了顿，压低了声音，森然道，“我的名字叫欧阳婵。”

“欧阳婵？”曹武微微地皱了皱眉头，“欧阳？难道……”

“是的，”冒牌诸葛千诺——现在该称呼她为欧阳婵了——向曹武瞥了一眼，淡淡地说，“你猜对了，我是欧阳芍药的女儿！”

4

此言一出，众人大吃一惊。

阮文博首先回过神来。

“就是和季先生一起把陈馨的尸体埋到千寻山的那个欧阳芍药？”

“是！”

欧阳婵红着眼睛，大声承认。

“当年到底发生了什么事呀？”曹武也稍微冷静下来了，“你妈妈为什么会跟老爷分开了？这些年来，你妈妈到哪儿去了？”

欧阳婵向曹武看了一眼，接着又把目光收回来，微微地仰望着天花板，深深地吸了口气，慢悠悠地说起相关事情的来龙去脉。

“从我懂事开始，我就知道自己没有爸爸。我跟妈妈两个人相依为命。我有时候也会问妈妈我的爸爸是谁，妈妈却从来不说，只是告诉我爸爸在我很小的时候就因病去世了。

“虽然我在单亲家庭长大，但妈妈很爱我，一个人含辛茹苦地把我带大，对我的照顾无微不至，这让我觉得自己跟同龄的孩子没什么两样，甚至比他们幸福多了。虽然生活拮据，但我并不介意，只要能跟妈妈在一起，我就心满意足了，她，是我的世界的全部！

“可是呀，天有不测风云，一年多前，妈妈被检查出患了肺癌，要住院化疗。化疗的费用十分昂贵呀！我们家里本来就没什么钱，妈妈做了几次化疗，就把家里的积蓄都花光了。

“因为连住院费也交不起了，妈妈马上就要被医院赶出来了。而妈妈自己也放弃了，打算回家等死。但我可没有放弃，我不能眼睁睁地看着我唯一的亲人离我而去！

“我记得妈妈以前说过她在抽屉的暗层放了一些金器，将来留给我做嫁妆。于是在妈妈出院的前一天，我自己一个人回到家里，想要把那些金器找出来全部卖掉换钱。金器是找出来了，只是不多，应该卖不了多少钱。不过呀，我还在抽屉暗层里找到一张发黄的照片。

“那张照片是年轻的妈妈跟一个男子的合照，两人非常亲密，看样子像是恋人关系。那照片的背面写着一行字：‘1985年冬与尊天合照于七彩山。’我认得那是妈妈的笔迹。

“‘尊天’这个名字让我想起了大名鼎鼎的油画家季尊天。于是我上网找到季尊天的照片，跟在抽屉暗层找到的那张照片相互比对，结果发现跟妈妈合照的果然是年轻的季尊天。当时我想，原来妈妈曾经跟季尊天恋爱过。

“于是我自作主张地去找季尊天。我认为，季尊天那么有钱，如果知道自己以前的女朋友有困难，绝对不会见死不救。我承认，当时我是太冲动了，根本没有想到事情的复杂性。

“那时季尊天已经在春泪岛隐居了。我来到春泪岛——当时曹武和段乐彤刚好都不在岛上，直截了当地跟季尊天说我妈妈需要金钱进行化疗，希望他能帮忙。季尊天问我：‘你妈妈是谁？’我说：‘欧阳芍药。’怎知季尊天一听到我妈妈的名字，脸色大变，后来还勃然大怒，指着我大骂：‘原来你是钟星和欧阳芍药所生的杂种呀！回去告诉你妈妈，我已经忘了她这个可耻的女人，她是死是活，都跟我无关！’

“听完季尊天的这番话，我猜想：我的亲生父亲名字叫钟星。当年季尊天跟妈妈恋爱，后来妈妈爱上了那个叫钟星的男人，跟季尊天分手，最后还生下了我。而季尊天因为被背叛，恼羞成怒，因爱成恨，所以坚决不肯救妈妈。

“我厚着脸皮，继续求他，甚至跪了下来。为了救妈妈，我可以放弃我的尊严，我甚至可以放弃我的性命！可是季尊天十分坚决，让我滚蛋。

“妈妈的那些金器值不了多少钱，很快妈妈就被医院赶了出来，在家里养病。由于不能再进行化疗，过了没多久妈妈就永远离开了我。

“那时候的我，真是悲愤交织，悲痛，是因为妈妈的离开，而愤怒，是因为季尊天在妈妈性命攸关之际，竟然还想着当年的恩怨，对妈妈见死不救。我的心里恨透了他。

“不久前，有一个……唔，我的一个在娱乐杂志当记者的朋友对我说，他收到消息：季尊天患了重病，马上就要死了，他决定临死前，把自己的巨额遗产分给一些曾经帮助过他的人。

“我知道这个消息后，心中愤愤不平。他竟然宁愿把钱分给一些毫不相关的人，也不救曾经跟他有过一段感情的我的妈妈？

“我恨极了季尊天，是他间接害死了我的妈妈；我也恨极了那些继承者，因为他们将要继承本来可以挽救我妈妈性命的遗产！所以，我决定杀死季尊天，我还要杀死所有遗产的继承者！对！一个也不能留下！”

5

朱心荷听到这里忍不住嚷道：“你这个女人有病呀？你恨季尊天，杀死他就够了，干吗还要迁怒于继承者？干吗要把继承者也赶尽杀绝？”

她顿了顿，朝欧阳婵“呸”了一声，接着又说：“你真是个恶毒的女人呀！本小姐也差点被你干掉！幸好我福大命大，哼！”

欧阳婵向朱心荷瞪了一眼，但却没有回答她的话。

“这样一来，我总算弄清楚了。”阮文博忽然说。

“弄清楚什么了？”

诸葛千诺有些好奇地问道。

阮文博扭动了一下脖子，说道：“在山洞的时候，曹管家提到季先生的情人欧阳芍药。当时朱心荷以为芍药是一种药，嘲笑竟有人取这么一个名字。欧阳婵就一脸不屑地说她孤陋寡闻，还解释说芍药是一种花的名字。她之所以急着解释，是因为无法忍受自己的妈妈被人嘲笑。

“随后，曹管家说出当年季先生失手杀死陈馨，后来欧阳芍药和季先生一起埋掉了陈馨的尸体等事。当时欧阳婵非常惊讶，大呼：‘这么说，欧阳芍药也是共犯！’她之所以如此惊讶，是因为她也是在那时候才知道自己的妈妈曾经是杀人犯的共犯。

“再其后，我问欧阳婵对小彤被杀一案有什么看法，她却好像在想什么重要事情，想得出了神，完全没有听到我的话。她之所以有这样的反应，原来是因为自己的妈妈被我们提起，她想起往事，百感交集。”

欧阳婵向阮文博看了一眼，微微苦笑：“阮律师，其实你的观察能力和推理能力都十分优秀，即使没有诸葛律师，我想你凭自己的实力也能还原案件的真相。”

阮文博有些不好意思：“过奖了。”

欧阳婵叹了口气，幽幽地说：“正如你推理的那样，大前天晚上，我驾驶快艇偷偷潜入春泪岛，并且拨打了季尊天卧房的电话，跟他说我妈妈有遗物要交给他，约他在破碎馆见面。我本来也只是抱着试一试的心理，没想到季尊天还真的赴约了。

“我们进入破碎馆后，来到休息室时，我杀死了他，把他分尸，还取走了他身上四馆的钥匙。接着我把四馆的家具和饰品分别布置成‘破碎’、‘倒置’、‘错位’和‘缺失’的状态。其后我又潜入主馆，在机房安装炸弹，在大厅安装监听器。一切准备就绪后，我就连夜驾驶快艇离开了春泪岛。

“对了，在杀死季尊天之前，我逼问他跟我爸爸钟星有关的事，他也和盘托出了。原来，钟星是妈妈的狂热追求者。当时妈妈已经跟季尊天在恋爱，表面上对钟星不理不睬。然而，有一次，季尊天发现了妈妈跟钟星的亲密信件，两人甚至在信件中相约上床的时间。季尊天不相信这个事实，那天跟踪妈妈，结果真的看到妈妈走进了钟星的家。那一刻，季尊天万念俱灰，当晚还向妈妈提出分手。被深爱的人背叛，痛彻心扉，这大概就是季尊天对妈妈见死不救的原因吧。

“可是尽管如此，仍然无法消除我对季尊天及他的遗产的继承者们的恨意！感情的世界本来就没有绝对的对和错，当时妈妈跟季尊天尚未结婚，妈妈还有选择别人的权利。再说，哪怕妈妈真的做错了，但她只是出轨了，罪不至死呀！而且事情都过去很多年了，季尊天为什么还要如此执着？为什么要拿一条活生生的人命去报复？

“总之，妈妈是我最重要的人。害死我妈妈的人，全部都得死！”

欧阳婵说到最后嘶吼起来。

她面容扭曲，双目圆睁，怒视众人，眼睛里似乎要喷出仇恨的火焰。

阮文博、诸葛千诺、曹武和朱心荷——这四个在欧阳婵的计划中本来全部要成为刀下亡魂的幸存者——都没有说话。

逝者已矣。此时此刻，此情此景，说什么也没有用了，无论是斥责还是安慰。

季尊天死了，但被他杀死的陈馨却不会活过来；欧阳婵杀死了季尊天，但她的妈妈欧阳芍药也不会活过来；段乐彤和程东昊被杀死了，哪怕欧阳婵最后接受了法律的制裁，但他俩也永远不会活过来了。

6

忽然之间，主馆外传来一阵“轰隆轰隆”的巨响。

“什么声音啊？”朱心荷皱眉。

诸葛千诺沉吟了一下："那应该是直升机的引擎声。"

"直升机？"阮文博两眼一亮，"难道是前来救援我们的？诸葛律师，看来你的朋友真的收到了你的求救信息呀。"

诸葛千诺淡淡一笑："思炫这个人嘛，哪怕刚才那通电话一接通就掉线，但他也能凭推理找到这里来，何况我在电话里给他留下了那么多线索？"

朱心荷催促道："先别说了！我们快出去看看吧！"

诸葛千诺向欧阳婵看了一眼，踌躇道："可是她……"

曹武明白诸葛千诺的意思，自告奋勇："由我来看守这个杀人犯，你们出去吧。"

"那拜托你了。"

诸葛千诺点了点头，向欧阳婵看了一眼，只见她低着头，默然不语，似乎没有听到众人的话。

于是，阮文博、诸葛千诺和朱心荷三人走出主馆，抬头一看，果然看到在春泪岛的上空有一台直升机在盘旋，看样子准备降落。

阮文博连忙挥手，大叫道："喂——我们在这里呀！"

过了几分钟，那直升机在倒置馆南面的海滩降落。接下来，只见四五个人从直升机里走出来。走在最前面的是一个三十岁左右、神色冰冷的长发女子。

与此同时，阮文博等人也来到海滩，迎接救援者。

那几个人发现阮文博等人后，快步走到他们面前。

长发女子迅速地向三人扫了一眼，冷冷地问道："岛上发生了连续杀人事件？"

"是呀！"

阮文博使劲地点了点头。

长发女子“哦”的一声，淡淡地说：“我是L市刑警支队的宇文雅姬，从现在开始，这里由我指挥。”

“哦？”诸葛千诺有些惊喜，“你就是被称为‘冰冷女诸葛’的刑警支队副队长？思炫跟我提起过你的事。”

名叫宇文雅姬的长发女子向诸葛千诺看了一眼，“咦”的一声，问道：“慕容思炫？”

“是的呀！”诸葛千诺笑了笑，“他说，我跟你都是‘诸葛’呢。”

宇文雅姬反应奇快：“这么说，你就是‘神话律师’诸葛千诺了？慕容也跟我说起过你的事。”

诸葛千诺嫣然一笑：“幸会幸会。”

宇文雅姬点了点头，又问：“一共有多少名被害者？杀人凶手还在岛上？”

诸葛千诺还没回答，阮文博抢着说：“宇文队长，一共有三名被害者，至于杀人凶手嘛，不仅还在岛上，还被我们制伏了，而且认罪了。”

宇文雅姬“哦”的一声，向诸葛千诺问道：“你的推理？”

诸葛千诺呵呵一笑，指着阮文博：“是这位阮大律师的功劳啦。”

阮文博听诸葛千诺这样说，怪不好意思的，脸一红，干笑了两声。

7

接下来，宇文雅姬及其下属随阮文博等人回到主馆。

被曹武击晕的陈强已经悠悠醒来，坐在沙发上，一脸茫然。

至于欧阳婵仍然低着头，一言不发，一动不动，似乎周围的一切人和事都跟她无关。

“简单告诉我发生了什么事。”

站在阮文博旁侧的宇文雅姬向他问道。

她接着又补充：“最好能用一句话。”

“是！”阮文博想了想，吸了口气，一脸认真地说，“宇文队长，是这样的：知名油画家季尊天、季尊天的助手段乐彤以及季尊天其中一位遗产继承者程东昊，先后遇害，而杀人凶手，就是这个名叫欧阳婵的女子。”

他一边说，一边指向欧阳婵。

宇文雅姬尚未答话，陈强忽然大叫一声，对着欧阳婵大声道：“什么？原来季尊天那贱人就是你杀的？”

欧阳婵这才微微地抬起头，向陈强瞥了一眼，但还是没有说话。

突然之间，只见陈强跪倒在地，向欧阳婵拜了下去：“谢谢你为我姐姐陈馨报了仇！天网恢恢疏而不漏，季尊天害死了我的姐姐，但法律却无法制裁他，幸好有你这个正义的使者出手，让那贱人血债血偿了！”

宇文雅姬秀眉一蹙，在阮文博耳边悄声问道：“这又是怎么回事？”

“还是用一句话吗？”阮文博问。

宇文雅姬哭笑不得：“你说。”

阮文博舔了舔嘴唇：“这个陈强的姐姐被季尊天杀死了，但因为案件已经过了二十年的追诉期，所以陈强也无可奈何。”

“原来如此呀。”

宇文雅姬轻轻地吁了口气，暗自感慨：“犯罪的人只要过了追诉期就不需要承担法律责任，人们还怎能充分相信法律？杀人凶手却被称为正义使者，这是怎样的悲哀？看来法律需要完善的地方还有很多呀。”

“不管怎样，”阮文博也长长地叹了口气，“这发生在春泪岛的连续杀人事件，至此总算落幕了。”

宇文雅姬“嗯”的一声，说道：“我已通知相关人员驾船过来接各位回到L市城区，他们大概在三十分钟后到达。”

在这即将离岛之际，阮文博却忽然想起了遗产的事：“噢，对了，在离开之前，我们应该先完成季先生的遗产分配事宜吧。”

朱心荷一听到“遗产”两字，两眼发出异样的光芒：“说得对。”

“可是，”曹武眉头一皱，“我们怎样打开保险箱，取出老爷的遗嘱？”

“要打开保险箱需要两组密码，第一组密码我知道，至于第二组密码嘛，”阮文博说到这里笑了笑，“曹管家，你忘了吗？那沓照片中，有一张拍的不就是那隐藏着密码的大花瓶吗？”

“对哦！”曹武想起来了，转过身子，向欧阳婵厉声道，“那沓照片在哪里？快拿出来！”

欧阳婵白了曹武一眼，哈哈大笑：“财迷心窍的人们呀，到了现在，还没忘记那贱人的遗产？我跟你们说呀！这回你们美梦成空了！刚才燃放烟火的时候，我趁你们不留意，已经把拍到花瓶的那张照片烧掉了。花瓶被打碎了，照片也烧毁了，保险箱的第二组密码除了我永远不会有人知道了，你们一辈子都没有办法拿到那贱人的遗嘱了，哈哈！”

曹武咬了咬牙：“你还真狠呀！”

诸葛千诺想了想，说道：“我们把花瓶的碎片重组试试吧。”

欧阳婵朗声大笑：“重组花瓶？你们不必白费心机了！我不怕再告诉你们，那天把花瓶打碎后，我挑了几块印着数字的碎片扔到海里了。所以，哪怕你们把花瓶的碎片重组，但也无法知道完整的第二组密码，哈哈哈！你们就死心吧！哈哈哈！”

“哈哈哈！哈哈哈！”

阮文博忽然也得意扬扬地笑了起来。

欧阳婵秀眉一蹙，收起笑容："你笑什么？"

"欧阳婵呀欧阳婵，你呀，机关算尽太聪明，却没算上我阮文博。我跟你说呀，我这么多年的推理漫画可不是白看的。昨天找到那沓照片的时候，我就预感里面会隐藏着重要线索。所以昨晚回房后，我用手机把所有照片都拍下来了。现在只要我打开手机，找到那张大花瓶的照片，那么保险箱的第二组密码，就会出现在大家眼前了。"

到了此刻，曹武、朱心荷和诸葛千诺，不得不对这个看似纸上谈兵、却是大智若愚的阮大律师刮目相看了。

至于欧阳婵，一听到阮文博这么说，先是震惊，接着愤怒，最后像泄了气的气球一般，摇了摇头，叹道："谋事在人，成事在天，天意如此，我也只能认栽了。"

8

众人随阮文博来到季尊天的卧房，阮文博走到那电子保险箱前方，先输入季尊天告诉他的第一组密码，111222333456789，随后打开手机，找到那张花瓶的照片，再输入隐藏在花瓶中的第二组密码，816048315021511158，刚按下最后一个数字，果然听到"咔嚓"一声，保险箱自动打开了。

"真、真的打开了。"曹武声音微颤。

阮文博咽了口唾沫，用颤抖的手把放在保险箱里那装着遗嘱的牛皮纸公文袋取了出来。

众人又是期待又是紧张，哪怕是本来对遗产不怎么重视的诸葛千诺，此刻也不由自主地屏住呼吸。

毕竟众人要继承的，是一个普通人十辈子都赚不到的钱。

“那么，现在就由我来宣读季先生的遗产分配方案吧。”

阮文博说罢，打开了公文袋，把遗嘱取出。

“等一下！”

朱心荷叫住了阮文博。

“怎么啦？”

阮文博向朱心荷看了一眼，有些疑惑。

朱心荷长长地叹了口气，一脸难过地说：“就是因为这份遗嘱，死了那么多人。我想先手捧遗嘱，向三位亡灵鞠个躬，让他们得以安息。”

曹武“嗯”的一声，表示赞同。

阮文博也轻轻地点了点头，把遗嘱递给朱心荷。

朱心荷走前一步，伸手接过遗嘱，对着窗户，深深地鞠了个躬，喃喃地道：“季先生，害死你的凶手已经被逮住了，你安息吧。”

欧阳婵重重地“哼”了一声。

朱心荷深深地吸了口气，再次鞠躬：“小彤，你也安息……”

她一语未毕，突然身子一转，拿着遗嘱以极快的速度跑进了卧房里的洗手间，并且“砰”的一声把洗手间的门给关上了。

她这举动突如其来，毫无先兆，把大家给吓了一跳。

阮文博回过神来，箭步跑到洗手间前方，试图开门，没想到那门却被朱心荷反锁了。

“朱心荷！怎么回事呀？你在里面干吗呀？”

阮文博一边拍门一边叫道。然而朱心荷却完全没有回应。

诸葛千诺、曹武、欧阳婵、陈强和宇文雅姬等人面面相觑，谁都猜不透朱心荷到底想干什么。

过了好几分钟，洗手间的门才被打开，朱心荷优哉游哉地从里面走出来。

然而她并没有把遗嘱拿出来。

阮文博一脸焦急："遗嘱呢？"

朱心荷嚣张地笑了笑，指了指洗手间的马桶。

阮文博走进去一看，竟见马桶里布满了炭灰。

"这……这是……啊？"阮文博总算反应过来了，"你……你烧掉了季先生的遗嘱？"

朱心荷洋洋得意："正是！"

"为、为什么你要这样做呀？"

遗嘱被毁，阮文博的脑袋一片空白，他强迫自己冷静下来，接着说："这样一来，因为没有遗嘱，季先生的遗产就会成为无主财产，收归国家所有，你们三个都不能分到遗产了呀！"

诸葛千诺和曹武不语，静观其变。

朱心荷则哈哈大笑："你们不是一直很好奇我为什么会成为季尊天的遗产继承者之一吗？现在我也不妨告诉你们了……"

她吸了口气，一字一顿地说："其实，我是季尊天的女朋友！"

"什、什么？"阮文博一脸难以置信，"你、你跟季先生？你们的年龄相差了四十多年呀！"

"那又怎样？"朱心荷终究是那副甚嚣尘上的态度，"那老头在画展中对我一见钟情，跟我认识以后，经常乘船到城区找我聊天吃饭，还暗示想要包养我。而我呢，看重他的钱，所以爽快地答应了。我把他哄得高高兴兴的，他也给我买名牌衣服和手袋，这不是天底下最公平的交易吗？"

她顿了顿，接着又说："不过嘛，这两年来，我一直只以为他是个普通的富豪，不知道他竟有钱到这种地步，更没想到他会把我列为遗产的继承者之一，要分给我几亿财产！我的妈呀！这可是我前几辈子积德所换回来的幸运，旁人都羡慕不来！”

众人正惊讶于朱心荷和季尊天这不为人知的关系时，却听欧阳婵淡淡地说：“其实我早就猜到你跟季尊天的关系了。”

“瞎说！你怎么可能猜到？”朱心荷一脸不屑。

“我没有瞎说，”欧阳婵语气平静，“因为你跟我的妈妈年轻时长得很像，特别是眼睛和鼻子，几乎一模一样。说实话，昨天在码头我刚见到你的时候，不禁产生错觉，以为自己穿越了，回到了小时候跟妈妈相依为命的那段快乐的日子里。”

“难怪朱心荷来到的时候，你一看到她就像想什么想得出了神，我叫你你也听不到。”阮文博一边回忆一边说道，“还有呀，上船以后，程东昊不断追问朱心荷跟季先生是什么关系，你见朱心荷感到尴尬，连忙帮她解围，叫程东昊别再为难她。你之所以如此帮她，自然也是因为觉得她长得像你妈妈的缘故吧？”

欧阳婵苦笑不语，眼睛微湿，神情中掠过一丝凄凉和忧伤。

“放屁！”朱心荷突然高声骂道，“你的意思是季老头之所以喜欢我是因为我长得像你妈妈？你有妄想症呀？你别忘了，你的妈妈可是背叛了季尊天，爱上了其他男人的。季尊天恨你妈还来不及，怎么会想念她？如果我长得真的像你妈，季尊天不但不会被我迷上，还会对我反感，哼！”

欧阳婵完全无视朱心荷的咆哮，神情淡然，嘴角边带着些许微笑，似乎在回想一些遥远的往事。

阮文博清了清嗓子，对朱心荷说道：“可是，哪怕你是季先生的女朋友，但你们没领结婚证吧？也就是说，季先生还是没有法定的继承人呀！

你把他的遗嘱烧掉了，你自己也分不到遗产呀。”

朱心荷向阮文博瞥了一眼，冷冷一笑：“你错了，季老头有法定继承人，而且按照你的说法，那还是第一顺序继承人。”

“第一顺序继承人？”阮文博眉头一皱，“配偶、子女、父母……啊？难道你……”

朱心荷哈哈大笑：“你猜对啦！我怀孕了！那是我跟季尊天的孩子！阮大律师，如果季尊天留下的遗嘱没有了，那么遗赠就会失效，根据《继承法》，他的遗产将继承给第一顺序继承人——他的孩子！

“假设按照遗嘱上的分配方案，虽然现在继承者只剩下三个人，但哪怕是平均分，我最多也只能分到十亿。但如果遗嘱没了，季尊天的遗产就全部由我肚子里的孩子继承了。你们这些外人想来分一杯羹？没门！”

陈强虽然是局外人，但听到这里也明白了事情的大概，忍不住骂道：“你还真够卑鄙的呀！你跟姓季的那贱人可真是蛇鼠一窝，天生一对！”

“卑鄙？”朱心荷冷笑，“人不为己，天诛地灭！你们自己认真想想，如果你是我，你会怎样做？那三十亿的遗产都是我用青春和身体换回来的，是我应得的，曹武和诸葛千诺这两个外人凭什么来瓜分？”

阮文博摇头叹息，心道：“在巨大的利益面前，人性的丑恶，真的是展露无遗呀。”

至此，一切似乎已成定局了。

阮文博叹了口气：“曹管家，诸葛律师，真对不起，我没能好好保护季先生的遗嘱。”

诸葛千诺不语。

而曹武却忽然向朱心荷看了一眼，用冰冷如水的语气说道：“朱小姐，本来你真的可以分到老爷的三分之一遗产，即十亿人民币，我想这些钱，也足够你享用一辈子了。可惜呀，人心不足蛇吞象，你想要把别人的东西也抢去，最后自己连一分钱也分不到了。”

朱心荷皱了皱眉，有些不安地问：“你什么意思呀？”

曹武却不再理会她，面向众人，慢腾腾地说道：“各位，我要告诉大家一件事：昨天吃晚饭时，当朱心荷得知我懂得中医后，在饭后拜托我帮她切脉，看看她是不是怀孕了。我想她本来也没想过自己会怀孕，但在吃饭的时候突然呕吐，这让她怀疑自己有可能是怀孕了，所以请我确认。

“其实嘛，老爷也有跟我提起过他跟朱心荷的事，所以当时朱心荷这样一说，我立即就猜到她如果真的怀孕了，那很有可能是老爷的孩子。与此同时，我也猜到她确认是否怀孕的目的：如果没怀孕，就乖乖地根据遗嘱来分遗产；如果真的怀孕了，到时就毁掉遗嘱，让自己的孩子独占遗产。

“我帮她切脉后，发现她根本没有怀孕迹象。她之所以呕吐，大概只是因为闻到我所煎的那中药的味道，觉得刺鼻。但是，我实在不想这样一个心术不正的女人继承老爷的遗产，所以骗她说：‘是的，你怀孕了。’”

曹武的话说了一半的时候，朱心荷已脸色大变，到了此时，更张大了嘴巴，一副无所适从的样子。

“不……不可能……你是骗我的……对不对……”朱心荷声音颤抖，还逐渐激动起来，“我知道了！你是在骗我的！遗嘱没了，你分不到遗产了，你不服气，所以就骗我！”

曹武淡淡地说：“我是不是骗你，你自己到医院检查一下就知道了。至于遗产嘛，没错，没能分到巨额遗产，说实话我心里是有些不甘，也有些遗憾，但这是天意，也不可强求。”

他顿了顿，真心诚意地说道：“这些年来我留在老爷身边，是因为他当年救过我的性命，我要对他报恩，而不是贪图他的钱财。再说，老爷几年前在城中心买了几座房子，房产证上写的都是我的名字，把那几座房子租出去，租金已经足够我养老了。我不像你，我明白知足常乐的道理。”

“不！”朱心荷越来越激动，不再理会曹武，对着诸葛千诺嘶吼道，“诸葛律师，怎么办呀？季尊天的遗产要交给国家啦！我们都分不到一毛钱啦！这可怎么办呀？你快想想办法呀！”

诸葛千诺摇了摇头，淡然说道：“我跟曹管家一样，因为没能分到巨额遗产而感到有些遗憾，但我又想呀，因为继承遗产的事，我差点丢了性命，幸好有惊无险，到现在还安然无恙，这跟小彤和程东昊相比，实在是太幸福啦。所以，我是心满意足的了。”

“你有病呀？”朱心荷骂道，“几十亿的遗产说没就没了，你还心满意足？你们都疯了！都疯了！”

欧阳婵忽然尖声大笑：“哈哈哈！真是苍天有眼呀！我千方百计阻止你们获取遗嘱，阻止你们继承遗产，但最终还是被阮律师拿到了遗嘱。不过呀，阮律师，你真是白忙一场了，你们好不容易拿到的遗嘱，却又被你们的自己人给毁掉了，这是怎样的讽刺呀？有意思，真有意思，哈哈哈！”

阮文博向朱心荷看了一眼，叹道：“朱心荷，遗嘱是你自己烧掉的，你怨不了别人。十分钟前你还是亿万富翁，但因为你的贪得无厌，现在你一无所有了。”

到了这时，朱心荷终于绝望了，跪倒在地，捶胸顿足，号啕大哭。

突然，她大笑一声，胡言乱语起来：“你们都是骗我的……哈哈……所有遗产都是我和我的孩子的……有三十多亿哦……谁也别来抢……哈哈……”

那扭曲的面容，那森然的笑容，让在场的人都毛骨悚然。

“她怎么啦？”

阮文博向见多识广的宇文雅姬问道。

宇文雅姬冷冷地说：“短时间经历大喜大悲，她的大脑无法承受这样的刺激，她因此而神智失常了。”

阮文博摇了摇头，喃喃地念道：“天作孽犹可恕，自作孽不可活。”

于是，在朱心荷的傻笑和众人的叹息之中，发生在春泪岛的连续杀人事件，总算彻底落幕了。

终章

1

数日后。

其时欧阳婵已被检察院提起公诉，被羁押于看守所，等候开庭宣判。

这天上午，她正在回想着小时候和母亲欧阳芍药一起经历的点点滴滴，心中几分温馨，几分酸楚，几分感慨，正想得入了神，管教人员却来通知她说有人想见她。

欧阳婵随管教人员走出来，远远看到来探视自己的有两个人，一男一女。那女子正是此前被自己所冒充的诸葛千诺，至于那男子则是她所不认识的，二十三四岁，头发凌乱，双目无神，表情呆滞。

欧阳婵走到两人跟前，坐了下来，隔着玻璃看着诸葛千诺，沉默不语。

诸葛千诺笑了笑："欧阳小姐，你好哦。"

欧阳婵秀眉一蹙，没有答话。

诸葛千诺清了清嗓子，淡淡地道："唔，那我就直话直说吧……"

她说到这里看了看身边的男青年，接着又说："这位是我的朋友，慕容思炫，那天就是他在岛外帮我打电话报警的。回去以后，我把在春泪岛上发生的事情全部告诉他了，他听完以后说想来见见你。"

"见我？"

欧阳婵向那名叫慕容思炫的男青年瞥了一眼，一脸疑惑。

只见慕容思炫轻轻地打了个哈欠，用毫无抑扬顿挫的声音说道："两个目的：一、问你一件事；二、告诉你一些事。"

他说话极为简洁，欧阳婵怔了一下，稍微思考了一会才反应过来。

“你问吧。”

“这个连续杀人的计划，是谁教你的？”慕容思炫冷冷地问。

“啊？你咋知道？”欧阳婵微微一惊。

“‘活尸’？”

“啊？你……”

慕容思炫不再说话了，斜眉一皱，呆滞的眼神突然变得锐利起来，紧紧地盯着欧阳婵的脸。

欧阳婵叹了口气：“好吧，我就告诉你吧。其实告诉我季尊天打算在死前把遗产分给一些曾经帮助过他的人这个消息的，并不是什么在娱乐杂志当记者的朋友，而是一个神秘人，一个自称‘活尸’的神秘人。唔，看来你是认识他的……”

慕容思炫咬了咬手指，没有回答。

欧阳婵接着说：“此外，那‘活尸’还跟我说：‘季尊天宁愿把钱分给一些毫不相关的人，也不救你的母亲，他罪该万死，而那些准备继承遗产的人，也让人痛恨，不如把他们全部杀光吧！’那一刻，我突然觉得他说得很有道理。把我妈妈害死的人都该死，难道不是吗？

“接下来他还说：‘只要你愿意为你母亲复仇，我可以为你制定一个完美的杀人计划，让你把该死的人全部杀死，而自己又能逃脱法律的制裁。’我考虑了两个晚上，就答应了‘活尸’，请他传授我那个杀人计划。”

慕容思炫听到这里向诸葛千诺看了一眼，淡淡地道：“司徒门一的心理暗示绝对不能忽视。”

诸葛千诺深有同感，使劲地点了点头。

慕容思炫又打了个哈欠，喃喃自语：“原来这就是司徒门一在春泪岛所撒下的恶魔种子……”

慕容思炫口中的“司徒门一”，外号“活尸”，是一个天才犯罪家，智商极高，犯罪无数，却一直逍遥法外，乃国家的一级通缉犯。慕容思炫跟司徒门一交手多次，虽然每次都能破解他的犯罪计划，但却也一直没能把他逮捕归案。

不久前，司徒门一跟慕容思炫在K市的绝尘村再度交手，两人对决过后，司徒门一留言告诉慕容思炫：“虽然你解决了发生在绝尘村的杀人事件，但与此同时，我还在L市的春泪岛撒下了恶魔的种子。远在绝尘村的你，那是无法阻止春泪岛的恶魔种子发芽的。所以，春泪岛一役，我将大获全胜啦。”（参看《树之悲》）

所谓“在春泪岛撒下的恶魔种子”，所指的自然就是他传授给欧阳婵的连续杀人计划了。

此时此刻，只见欧阳婵吸了口气：“你要问我的就是这件事吧？那你要告诉我什么事？”

慕容思炫从口袋里掏出一盒曼妥思清劲口香糖，取出几条，拆开包装纸，一股脑儿抛到嘴里，使劲地咀嚼了好一会，才不慌不忙地说道：“我要告诉你的事，跟你的父亲有关。”

“哦？”欧阳婵好奇地问，“就是那个名叫钟星的男人？”

慕容思炫不置可否，只是说：“有三个疑点：一、你的母亲欧阳芍药，深爱着季尊天，否则，她不会冒险帮季尊天处理陈馨的尸体，但，既然深爱，又为什么会背叛？二、钟星为什么会失踪？他现在在什么地方？三、你的母亲为什么从来没有提起过钟星的事？”

“那你说是为什么呀？”欧阳婵问。

慕容思炫抓了抓那杂乱不堪的头发，漫不经心地道：“以下是我的推测：季尊天瞒着陈馨跟欧阳芍药偷情，而钟星作为欧阳芍药的狂热追求者，对季尊天十分嫉妒。于是，他向陈馨告密，说季尊天在外面有情人。告密后，他又暗中监视季尊天和陈馨，看看陈馨怎样跟季尊天摊牌。他本来只是想季尊天因此而放弃欧阳芍药，而他就能乘虚而入，没想到却无意中看到季尊天失手杀死陈馨的那一幕。

“季尊天和欧阳芍药把陈馨的尸体埋到千寻山后，钟星私底下联系欧阳芍药，跟她说：‘我知道季尊天杀人一事，我要你当我女朋友，否则我就告发季尊天。’欧阳芍药为了保护季尊天，只好假装跟钟星交往，跟他通信，两人在信中写满了甜言蜜语，甚至在信中相约时间上床。

“事实上，欧阳芍药没想过要跟钟星上床，她甚至想杀死钟星，让季尊天永远没有后顾之忧。可惜那些信件被季尊天发现了，他以为欧阳芍药出轨了，在她和钟星相约的那天跟踪她，结果真的看到她走进了钟星的家，至此彻底死心。

“其实，就在那一天，欧阳芍药在钟星的家里杀死了钟星，其后还独自把他的尸体埋到千寻山……”

欧阳婵听到这里脸色大变，忍不住叫了出来：“你说什么？我的妈妈杀了钟星？这……这……怎么会？”

慕容思炫没有理会她，吸了口气，接着又说：“欧阳芍药为季尊天做了这么多事，甚至因为他而成为杀人犯，没想到最后却换来季尊大的怀疑，她刚埋尸回来，季尊天竟向她提出分手。欧阳芍药心灰意冷，甚至不屑解释，黯然离开，从此在季尊天的世界里音讯全无。

“我已经查过了，而且你想必也知道，欧阳芍药之所以患上肺癌，最重要的原因就是她烟抽得很凶，甚至是烟不离手。为什么呢？因为她每天都生活在杀人的恐惧和被爱人抛弃的悲痛之中，必须用香烟来麻醉自己的痛苦。”

“够啦！”欧阳婵大声地打断了慕容思炫的话，“鬼话连篇！你说的这些都是毫无依据的猜测！事实根本不可能是这样！谁能证明钟星已经死了呀？还有，我的妈妈怎么可能去杀人？绝不可能！”

慕容思炫向欧阳婵白了一眼，咀嚼着口香糖淡淡地说：“我已经让宇文雅姬翻查1986年至今所发现的、还未能确认身份的尸体，结果发现其中一具于1993年在千寻山的山脚找到的尸体极有可能就是钟星。

“虽然尸体被掩埋后，土壤的温度和湿度对尸体骨骼中含有的DNA产生了影响，而土壤中的沉淀物也对DNA造成一定的渗透污染，但这几天经过反复推敲，法医终于确定，这具尸体的DNA跟钟星的吻合度极高。

“此外，法医推断那具尸体的死亡时间是1985年至1988年，跟1986年失踪的钟星相符。

“所以，钟星于二十多年前被杀，已是不容置疑的事实。杀死他的人，根据我刚才的推断，极有可能就是欧阳芍药。

“可是，这里却出现了一个问题：既然欧阳芍药没有出轨，那她为什么会怀孕，后来还生下了你？你的父亲是谁？各种线索表明，你的父亲最有可能就是季尊天！欧阳芍药跟季尊天分手前，已经怀上了你！为了证实这个推理，我又让宇文雅姬帮忙比对你和季尊天的DNA，鉴定结果是，你们的确是父女！”

2

欧阳婵目瞪口呆，好一会才反应过来，声嘶力竭地叫了出来。

“怎么可能？那贱人……是我爸爸？不！你他妈骗谁呀？”

慕容思炫把嘴中的口香糖吐出，抓在手里，接着又从口袋里掏出一个装满了水果软糖的透明塑料袋，取出几颗软糖放在手掌中，一边摆弄，一边分析。

“警方在你家里的电脑中找到‘活尸’发给你的那杀人计划的电子文档，发现计划中第二个要杀的人不是段乐彤，而是朱心荷。为什么你会临时改变计划？因为在见到朱心荷后，你觉得她长得很像你的妈妈，不忍心下手。

“季尊天跟你一样，也对朱心荷有特殊情感。家财万贯的他，绝对不缺女人，可是他却只对朱心荷情有独钟，原因自然是因为朱心荷跟你妈妈欧阳芍药长得很像，他把朱心荷当成了你妈妈的替身。

“其实季尊天的内心也很矛盾，哪怕过了这么多年，仍然无法放下对欧阳芍药的感情，心深处仍然爱着她。但，爱得越深，也伤得越深，他终究无法忘记欧阳芍药出轨的事——当然这只是误会，在她性命垂危之际，也咬着牙不肯救她。我想，当他拒绝出钱为欧阳芍药进行化疗的时候，他的内心或许比你更难受。

“欧阳芍药去世后，他跟你一样痛苦，他一蹶不振，终日用烟酒来麻醉自己，最后还因此患上肝癌……”

“不！”欧阳婵终于忍不住了，眼泪夺眶而出，撕心裂肺般地大吼，“我不相信！你说的话，我一句也不相信！”

“不管你是否相信，事实就是这样。”慕容思炫冷冷地说，“其实一切都早就放在你的眼前，显而易见。譬如说，季尊天为什么要选七夕那天把继承者约到春泪岛？因为七夕的代表花卉就是芍药，他对此时时刻刻念念不忘。还有，你认为他为什么会把自己所居住的岛屿命名为‘春泪岛’？

“春泪岛？”欧阳婵狠狠地抽泣着，“那……那有什么特殊含义吗？”

慕容思炫把手中的软糖全部抛进嘴里，一边咀嚼一边淡淡地问：“你不知道秦观那两句诗吗？”

欧阳婵摇了摇头：“什么诗？”

慕容思炫舔了舔手指，没有回答。

倒是诸葛千诺轻声读了出来：

有情芍药含春泪，无力蔷薇卧晓枝。

3

有人说，世界上最遥远的距离不是生与死，而是我站在你面前你却不知道我爱你。

其实，世界上最遥远的距离，是两个人明明相爱却终究分开，天各一方后，彼此仍然深深思恋，直至生命终结。

图书在版编目（CIP）数据

四怪馆的悲歌 / 轩弦著. --北京：作家出版社，2015.11

ISBN 978-7-5063-8579-4

Ⅰ.①四… Ⅱ.①轩… Ⅲ.①长篇小说—中国—当代 Ⅳ.①I247.5

中国版本图书馆CIP数据核字（2015）第281574号

四怪馆的悲歌

作　　者：轩　弦
责任编辑：张　平
出版发行：作家出版社
社　　址：北京农展馆南里10号　　**邮　　编：**100125
电话传真：86-10-65930756（出版发行部）
86-10-65004079（总编室）
86-10-65015116（邮购部）
E-mail:zuojia@zuojia.net.cn
http://www.haozuojia.com（作家在线）
印　　刷：北京市通州运河印刷厂
成品尺寸：160×235
字　　数：180千
印　　张：14
版　　次：2016年1月第1版
印　　次：2016年1月第1次印刷
ISBN　978-7-5063-8579-4
定　　价：29.80元

图书在版编目（CIP）数据

[illegible]

ISBN 978-7-5063-8579-4

[illegible]

中国版本图书馆CIP数据核字（2015）第[illegible]号

[illegible]